われら濁流を遡る

バンダル・アード=ケナード

駒崎 優
Yu Komazaki

C★NOVELS Fantasia

口絵 挿画 ひたき
地図 平面惑星
DTP ハンズ・ミケ

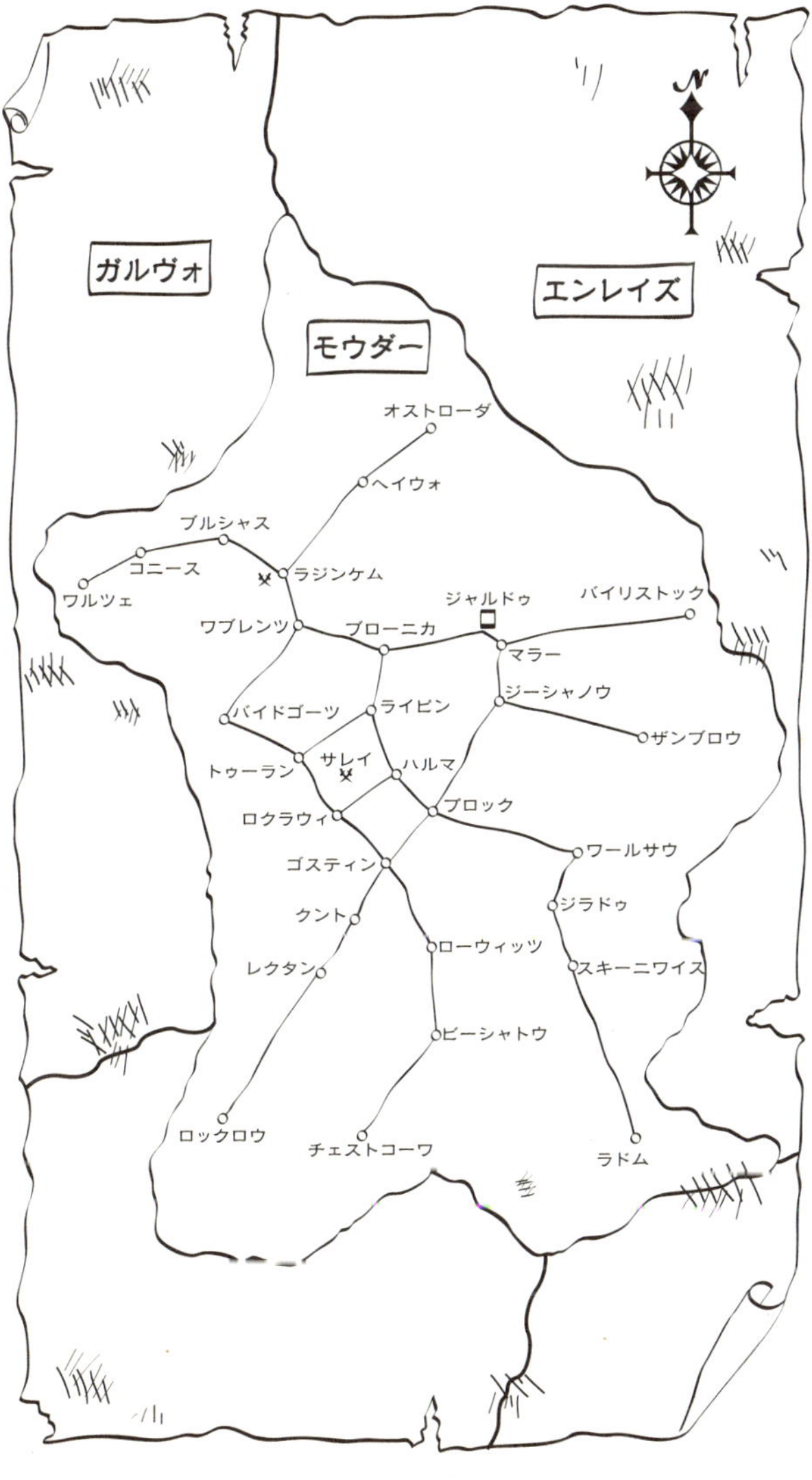

ガルヴォ
エンレイズ
モウダー
オストローダ
ヘイウォ
ブルシャス
コニース
ワルツェ
ラジンケム
ジャルドゥ
バイリストック
ワブレンツ
ブローニカ
マラー
ジーシャノウ
バイドゴーツ
ライビン
ザンブロウ
トゥーラン
サレイ
ハルマ
ロクラウィ
ブロック
ワールサウ
ゴスティン
ジラドゥ
クント
ローウィッツ
レクタン
スキーニワイス
ビーシャトウ
ロックロウ
チェストコーワ
ラドム

ジア・シャリース	バンダル・アード＝ケナード隊長
ダルウィン	バンダル・アード＝ケナード隊員
チェイス	同上
ライル	同上
マドゥ＝アリ	同上
アランデイル	同上
メイスレイ	同上
ノール	同上
ベルグ	同上
タッド	同上
サイ	同上
エルディル	バンダル・アード＝ケナード一員
ゼーリック	バンダル・アード＝ケナード元隊員

エマーラ	娼婦街の顔役
ヴェルマ	娼婦
サリア	見習いの娘
レンドルー	シャリースの兄

レトリー	エンレイズ軍司令官
ディザート	レトリーの副官
カベル	レトリーの副官
ハヴィ	レトリーの副官
オレフ	エンレイズ軍古参兵
ラシェック	エンレイズ軍古参兵
ゲナーク	エンレイズ軍兵士
ナーキ	エンレイズ軍司令官
テレス	バンダル・ルアイン隊長

1

マラーは、首都ジャルドゥにもほど近く、モウダーでも最も栄えている都市の一つである。

太陽が沈もうとする時分、同じ軍服に身を包んだ一群の男たちが、この町に入ってきた。軍服の黒は、エンレイズ軍の傭兵《ようへい》である証《あかし》である。男たちはその上から、揃《そろ》いの濃緑色のマントを羽織《はお》っていた。全員、薄汚れ、疲れた顔をしている。

紺色の軍服を纏《まと》う正規軍の兵士とは違い、彼らは、金を払う者に対し、一定の期間奉仕をすることになっている。彼らはエンレイズ軍の一部と見なされ、エンレイズの軍規を遵守《じゅんしゅ》するよう定められているが、正規軍の兵士たちより、はるかに自由に動くことができた。彼らは独自の判断で雇い主を選び、大抵の場合、高い報酬を要求する。にも関わらず、金に糸目をつけず彼らを雇いたがる者が多いのは、傭兵たちの能力の高さ故《ゆえ》だ。

アード＝ケナード《バンダル・アード＝ケナード》隊は、中でも、最も評価の高い傭兵隊の一つと数えられている。総勢五十人ほどの小規模な部隊だが、その腕前は、人数の少なさを補って余りある。

その隊長は、ジア・シャリースという名で知られていた。痩《や》せた長身の男で、傭兵隊長としてはまだ若い。淡い枯れ草色の髪と、青灰色《せいかいしょく》の瞳の持ち主で、容貌《ようぼう》は粗削《あらけず》りだが美男で通るだろう。その気になれば、未亡人の一人や二人、簡単に誘惑できるという噂《うわさ》が、まことしやかに囁《ささや》かれている。しかし今は、泥と乾いた血に汚れ、眉間《みけん》に微《かす》かな皺《しわ》を刻んでいる。左手にはぼろ布《きれ》の包帯が巻きつけられ、そこから血が滲《にじ》み出ていた。

彼らは仕事を終え、ささやかな休暇を過ごすために、マラーにやって来たのであった。

二日前、この町の北で、戦いがあった。国境線上の小競《こぜ》り合《あ》いだが、バンダル・アード＝ケナードはそのために雇われていた。正規軍ももちろん控えてはいたが、先陣を切るのが彼らの仕事だ。雇い主は正規軍の司令官の一人だった。彼は訓練の足らぬ自分の部下たちが、この戦いで無駄死にするのを好まなかったのである。

バンダル・アード＝ケナードは仕事をこなし、報酬を受け取った。シャリースが左の掌《てのひら》に負傷したのを始め、隊員たちの半数ほどが怪我《けが》をしたが、死んだ者も、死にかけている者もいない。雇い主は傭兵たちの仕事に満足し、約束の金をすべて払った。彼らにとっては上首尾である。

しかし町はすでに、エンレイズ正規軍の兵士で溢《あふ》れ返っている。

町の中心である広場の端に固まって、傭兵たちは、兵士たちによる混雑を、苦い表情で眺めた。

正規軍の兵士たちは、傭兵隊より一日早く休暇を与えられたのだ。戦場の緊張から解放された彼らは、給料を手に、一番近いこの町へと繰り出した。道には酔っ払った兵士がうろつき、酒場からは浮かれ騒ぐ声が聞こえている。町の人々も、正規軍の相手に手一杯な様子で、黒衣の傭兵たちの姿を目にしても、ほとんどが知らぬ顔だ。客引きの一人すら寄ってこない。

「こりゃもう、まともな宿は残ってねえかもしれねえな」

　周囲を見回して、シャリースはひとりごちた。町に入る直前、彼は寝床を確保するために二人の若者を走らせていたのだが、この分では望み薄だ。熱い風呂どころか、ゆっくりと傷の手当てをすることも出来ないかもしれない。

　傍《かたわ》らにいた傭兵が、半ば自棄《やけ》になったように鼻を鳴らした。

「食い物と酒だけさっさと買って、野営《やえい》出来る場所を探しに行ったほうがいいんじゃねえのか。ぐずぐずしてると、暗くなっちまうぜ。早いとこ火を焚《た》ける場所を見つけないと、凍《こご》えちまう」

　ダルウィンは、小柄《こがら》で愛嬌《あいきょう》のある顔立ちをした男である。シャリースとは幼馴染《おさななじみ》で、遠慮無用の仲だ。


普段は陽気なダルウィンも、今日ばかりは上機嫌とは言い難い。今回の戦いでは無傷だったが、彼らは一週間、野宿と粗食を強《し》いられてきたのだ。時折雪の舞うこの季節に、一週間の野外生活はこたえた。いつ戦闘の火蓋《ひぶた》が切って落とされるか判らぬ状況が続き、暖を取るために火を焚くことすらままならなかったのである。

　どうせ柔らかなベッドにありつけないのであれば、せめてうまい酒と温かい食事を口にしたいというのが、ダルウィンの考えである。材料さえ揃えば、彼は自分で料理をする。傭兵稼業から足を洗ったら、料理人として身を立てていけると、人に言われたこともある。

　他の傭兵たちからは一斉に、賛否両論の声が上がった。疲れているのは皆同じだが、求めるものはそれぞれ違う。清潔なベッドでゆっくりと眠りたい者もいれば、酒場で寛《くつろ》ぎたい者も、女を買いに行きたい者もいる。しかし、町を正規軍に乗っ取られたようなこの有様では、彼らに残された選択肢は、そう多くはない。

そのとき、二人の若者が、濃緑色のマントを翻《ひるがえ》しながら彼らの元へ走ってきた。

チェイスは、バンダル・アード＝ケナードの傭兵の中で一番若い。二十歳になったばかりだ。まだ子供っぽさの残る顔にはそばかすが散り、髪はくしゃくしゃに跳ねている。ライルはそれより少し年嵩《としかさ》だが、傭兵としての経験はまだごく浅い。人懐《ひとなつ》こい茶色の目は、周囲に、彼が正直者であるかのような印象を与える。しかし実のところはかなりのしたたか者で、それが、彼の経験不足を補っていた。

「この辺の宿は、もう埋まってるそうです」

チェイスが大きな声で報告する。

「でも、あっちの——道を何本か渡ったところまでいけば、まだ泊まれるかもって聞きました」

チェイスが指差した方へ、シャリースは頭を巡らせた。思わず、喉《のど》の奥で唸《うな》る。彼はこの町に、以前にも来たことがあった。その辺りにあるのが何か、知っている。

チェイスが聞き込んできた場所は、要するに、歓楽街なのだ。

同じくそれを知っている者たちからは、忍び笑いが漏《も》れた。中には、仲間の脇腹を肘《ひじ》で小突く者もいる。

その様子に、ライルが少しばかり気まずげな顔になった。

「あの……別に女を買わなくても、金を出せば泊めてくれる宿もあるからって……」

声が尻すぼみになったのは、彼自身、娼婦を買う余裕など無いからだろう。彼は稼《かせ》ぎの殆《ほとん》どを、ジャルドゥ近郊の村に送っている。そこには彼の仕送りを頼りにしている孤児たちがいるのだ。彼自身、昔はその中の一員だった。彼は子供たちを養うために、傭兵稼業に身を投じたのである。

「よう、隊長」

傭兵たちの中から声が上がった。

「主義を曲げるか、野宿する場所を探すか、早いとこ決めてくれよ」

シャリースは娼婦を買わない。それは、バンダルの面々ならば誰でも知っている。それについて、彼にとやかく言う者はいないが、この状況では話が別だ。

「あんたの行き先が決まんねえと、俺たち動けねえからよ」

もっともな主張に、シャリースは唇《くちびる》を引き結んだ。もとより、主義を曲げるつもりはない。しかし彼が何より求めているものは、歓楽街にしかないという。そして部下たちの中には、喜んで歓楽街に繰り出したがる者も多いはずだ。

シャリースはついに折れた。

「判った、じゃあ、ちょっと覗《のぞ》きに行こうぜ」

溜息《ためいき》を吐《つ》きながら、部下たちにそう提案する。

「もしかしたら奇跡が起こって、俺でも貞操の心配をせずに眠れる宿が見つかるかもしれねえからな」

幾つか笑い声が起こったが、それは、期待から発せられるどよめきに呑《の》み込《こ》まれた。傭兵は誰でも、外で眠ることに慣れているが、だからといって、野宿が好きな者はいない。仕事が終わった後となれば、尚更《なおさら》だ。

バンダル・アード＝ケナードは雑踏《ざっしょう》を抜け、路地を通って歓楽街を目指した。太陽が沈みきらぬうちから、真っ直ぐに歓楽街を目指す黒衣の集団に、町の住人からは白い目が向けられる。だが、構ってはいられない。

夕暮れの町に一際《ひときわ》明るい篝火《かがりび》が見えれば、そこが、マラーの歓楽街である。

この辺りも、表通り同様人は多い。しかしよく見れば、人影の半数以上は、客待ちの娼婦や、娼館の関係者のようだ。もちろん、エンレイズ正規軍の軍服を着た者たちもうろついているが、まだちらほらと目につく程度である。ここが混み合うのは、もう少し夜が更けてからなのだ。

彼らの姿を最初に見つけた恰幅《かっぷく》のいい女が、満面の笑みを投げかけてきた。

「おや、ようやくのお出ましだね」

まるで旧知の仲のような物言いで、シャリースの腕に手を掛ける。

「一昨日《おととい》の一戦で、傭兵さんたちが大活躍だったって聞いてね。みんな首を長くして、あんたたちを待ってたんだよ」

恐らく、娼館の女主人といったところだろう。かつては彼女自身が娼婦だったのかもしれないが、一見したところ、今も現役だとは思えない。けばけばしい化粧の下の顔は、恐らく五十をとうに超えているはずだ。剝《む》き出《だ》しの腕は丸太のように太く、露《あら》わな胸は、ぎょっとするほど巨大だ。だが、茶色い髪は丹念に結い上げられており、丸い頰《ほお》には健康的な赤味が差して、荒《すさ》んだ様子は微塵《みじん》も見られない。

「そりゃ嬉しいお言葉だな」

シャリースは、肘の辺りを摑《つか》んでいる女の丸い手を軽く叩いた。

「それじゃあ、お言葉に甘えてちょっと訊《き》きたいんだが――」

木箱の倒れるがたんという音と、短い女の悲鳴が聞こえたのは、そのときだった。

誰もが一斉に、そちらへ視線を向けた。何が起こったのかは一目瞭然《りょうぜん》だ。

正規軍の兵士が、一人の娼婦に暴力を振るったのだ。

殴ったのか突き飛ばしたのかは判らなかったが、娼婦は木箱もろとも地面に倒れていた。兵士は傭兵たちの目の前で、女に唾《つば》を吐きかけた。その上あろうことか、長靴《ちょうか》の爪先で彼女を蹴《け》ろうとしたのである。

だがその直前、シャリースがその肩を押さえていた。

「何だてめえ……」

振り回された腕を、シャリースは難なく摑んだ。まだ日の光が残っているにも関わらず、兵士はしたたか酔っていた。恐らく、昨日から飲み続けていたのだろう。近くに寄ると、酒臭い息が鼻を衝《つ》く。

女のほうは、側《そば》にいた娼婦仲間が助け起こしていた。服は泥だらけで、肘の辺りを擦《す》り剝《む》いたようだが、彼女はしっかりと自分の足で立ち上がり、酔っ払った兵士を睨《にら》み据《す》えた。どうやら気の強い性質らしい。それが故に、この兵士との間に揉《も》め事《ごと》が起こったのかもしれない。

「お嬢さん」

正規軍兵士の上腕をぎりぎりと握り締めながら、シャリースは穏やかに、女へと声を掛けた。

「あんたには、こいつをぶん殴る権利がある」

兵士がもがいたが、シャリースは手を緩めなかった。

「客として来た男だろうが、気にすることはない。エンレイズ軍の兵士は、モウダー人の生命や財産を脅《おびや》かしてはならないと決められている。こいつは、その軍規に違反した」

シャリースが淡々と告げている間に、兵士の動きが止まった。己の罪に慄《おのの》いたのではなく、いつの間にか、黒衣の集団に取り囲まれていることに気付いたのだ。彼の自由を奪ったのもまた黒衣の傭兵で、その右手は、骨をも捩《ね》じ切《き》りそうな力で彼を捕らえている。

シャリースは、兵士を無視したまま続けた。

「上官に突き出してやってもいいんだが、そうすると、手続きだの何だのとごちゃごちゃあって、結局ろくな罰も加えられない可能性がある。あんたがここで懲《こ》らしめてやったほうが簡単だし、それにそのほうが、あんたの溜飲《りゅういん》も下がるだろう」

見物に群がったバンダル・アード＝ケナードの面々は、シャリースが珍しく苛立っていることを見て取っていた。シャリースは滅多なことでは腹を立てたりしない男だが、たとえ心底怒っていたとしても、決して声を荒らげることはない。彼の怒りは静かで、そして時に、ぞっとするほど冷たいのだ。

もっとも、シャリースがわざわざ、酔った兵士をいたぶるような真似をしている理由の半分は、別のところにある。付き合いの長い者たちはそれを承知している。

シャリースはこの酔漢に、熱い風呂に入る機会を邪魔されたくないのだ。

同じエンレイズ軍に属しているからといって、不品行な正規軍兵士と、自分たちを同列に見られるわけにはいかない。もし娼婦たちが、この酔漢もろとも自分たちを拒絶するような事態になれば、ベッドにも風呂にもありつけなくなってしまう。

シャリースは、真面目な顔で娼婦を見下ろしていた。今では彼女も、少しばかり成り行きを楽しんでいるようだった。微かな笑みを含んだ眼差《まなざ》しが、シャリースを見上げている。

シャリースは顎《あご》で、腰に当てられていた彼女の右手を指した。

「自分の手で殴り返したいか？　だが、こんな野郎を殴って、その白くて華奢《きゃしゃ》な手首を挫《くじ》いちまうのもつまらねえだろう。良かったら、その権利を、俺に譲ってくれないか？　俺のほうが、あんたよりうまく、こいつをぶちのめせると思うぜ。そういう仕事に就いてるんでね。でなければ――」

シャリースは肩越しに後ろを振り返り、部下たちの足元に目を凝《こ》らした。

「エルディル」

名前を呼ばれて、のっそりとシャリースの元にやって来たのは、一匹の白い狼《おおかみ》である。大きな図体《ずうたい》に、金色の鋭い目が光る。この雌《めす》狼もまた、バンダル・アード＝ケナードの一員である。

彼女はまだ赤ん坊であった頃に森で拾われ、傭兵たちの中で育てられた。成長した今では、隊員として、他の誰にも負けぬ働きを果たしている。隊員たちは皆彼女を頼りにしていたが、しかし、彼女が同じ気持ちを傭兵たちに抱いているかどうかは定かではない。彼女が完全な忠誠を捧げているのは、母親代わりに彼女の面倒を見ている一人だけだ。

一応寄っては来たものの、エルディルは少しばかり迷惑そうな顔をしていた。シャリースのマントの匂いを嗅《か》ぎ、ついでのように、捕まえられている兵士の匂いも嗅ぐ。いかにも義理でそうしているという風情である。彼女がシャリースの顔を立てているのは、単に、母親だと思っている男が、それを望んでいるからに過ぎない。

大きな獣《けもの》の姿に、娼婦は息を呑んだ。それは兵士も同じだったが、シャリースはあくまでも、娼婦に対してのみ話しかける。

「怖がることはないぜ、お嬢さん。これは俺たちの仲間でね。よく懐いてる。絶対に、あんたたちに危害を加えたりしない。だが俺が命令すれば、この酔っぱらいの足をがぶりとやってくれるだろう。こいつの白い鼻づらが赤く染まるところを見物したいってのなら、それも、あんたのお望みのままだ。どうだい？」

わざとらしいほどの恭《うやうや》しさに、娼婦はついに笑い出した。

「いいわ、そいつは放してやって、傭兵さん」

彼女は片手を振った。

「もう十分よ。可哀想に、半べそ掻《か》いてるわ。酔いも醒《さ》めたでしょうよ」

そして意味ありげに、兵士の下半身へと目を向ける。

「それに、股間が縮み上がったまま戻らなくなっちゃったら、こっちの商売にも差《さ》し障《さわ》りが出るし」

「心の広いお嬢さんだな」

シャリースは彼女に笑い返した。

「エンレイズ軍を代表して、お礼を申し上げよう」

そして、すっかり青褪《あおざ》め、腑抜《ふぬ》けた顔つきになっている兵士を見下ろす。

「おまえも、このお嬢さんの優しさに感謝するんだな。この人が止めてくれなかったら、おまえは、狼に膝《ひざ》を食い千切られてたところだ。今度また、馬鹿な真似をしているところを見付けたら、このお嬢さんが何と言おうと――判ってるな?」

兵士はがくがくとうなずいた。シャリースが手を離すと、糸の切れた操り人形のように、地面にへたり込む。

傭兵たちは、黙って道を空けてやった。半ば這《は》いずるようにして、哀れな兵士が彼らの前から消えるのを見送る。

娼婦は笑顔で、傭兵たち全員を見回した。

「こんなことって、滅多にないわ。大勢の男が、あたしを守ってくれるなんて」

「この狼は雌なんだよ、お嬢さん」

シャリースはエルディルの頭に手を置いた。

「あとの連中は、まあ、せいぜい雄《おす》程度のもんだろう」

傭兵たちの間から抗議の声が上がったが、シャリースはそれを無視した。彼には別の思惑がある。彼女の気分が良くなったところで、是非とも、風呂にありつきたかったのだ。

「ところで、ちょっと訊きたいんだが――」

「その肘の傷を洗って、手当てしておいで」

そのときシャリースの後ろから、別の女の声が掛かった。若い娼婦に向けられたものだ。

「服も着替えた方がいいね。そんななりじゃ、いい客は捉まえられないよ」

いつの間にか、最初にシャリースに声を掛けた年配の女が、彼らの側まで近寄ってきていた。

若い娼婦は、女の言葉に素直にうなずいた。傭兵たちに流し目を送ってから、急ぎ足に立ち去る。傭兵たちの視線は、太った女の方に集まった。どうやらこの女は、近隣ではそれなりの地位にあるらしい。

堂々たる足取りでシャリースの前に立った彼女は、もはや、シャリースの腕を取ろうとはしなかった。

その代わり、シャリースの頭のてっぺんから爪先《つまさき》までを、念入りに検分する。

「傭兵さん」

やがて、彼女は重々しく口を開いた。

「あんたを見込んで、一つ仕事を頼みたいんだけどね」

シャリースは肩をすくめた。

「こっちもだ」

周囲に居並ぶバンダルの面々を片手で指す。

「元気の有り余ってる奴らを頼むぜ。何日か預かっといてくれ。俺はもう、こいつらのお守りにはうんざりしたんだ」

しかし彼女は、にこりともしなかった。

「真面目な話だよ。仕切っているのは、あんたかい？」

「――そうだ」

少しばかり用心しながら、シャリースはうなずいた。女の口調には、どこか、有無を言わせぬ響きがある。威圧的な相手には慣れているはずだったが、このときばかりは勝手が違った。子供の頃、彼には、どうしても逆らえぬ伯母が一人いたが、目の前に立つ女は、その伯母を思い出させた。

「うちで働いている娘を、家に送って行ってもらいたいんだよ」

女の言葉に、シャリースは眉《まゆ》を上げた。

「生憎《あいにく》だが、俺たちは休暇中だ。女の一人旅が危険なのは判るが、他を当たってくれ」

素っ気ない答えにも、相手は一歩も引こうとしない。

「それが、ちょっと訳ありでね」

「何だ」

「その娘を掻《か》っ攫《さら》おうとしている輩《やから》がいるんだよ」

「へえ？」

途方もない話に、シャリースは鼻白んだ。

「攫って、どうしようってんだ？　あんたから身代金を取ろうってのか？」

「その娘は――ヴェルマっていうんだけどね、今妊娠してるんだ」

告げられたこの一言に、傍観《ぼうかん》していた傭兵たちの間からも不穏なざわめきが起こった。若い娘を連れて、ちょっとした旅行と洒落《しゃれ》込むのは楽しいかもしれないが、その娘が身籠《みごも》っているとなると、話は別だ。彼らの殆どは妊婦の扱いを知らず、知っている者たちは、下手《へた》に近付かぬほうがいいということを学んでいる。

シャリースは、女をまじまじと見下ろした。

「腹の大きな女を俺たちに押しつけてどうしようってんだ？　確かに俺たちは、けちな強盗を追い払うくらいのことには使えるだろうよ。だが、腹の子に何かあっても、周りでおろおろする以外、何の役にも立たないぜ。羊や豚の出産なら何度も見たが、人間の女は無理だ」

相手はしかし、一歩も引かない。

「心配しなくても、付き添いを付けるよ。ちゃんと、妊婦の扱いを心得ているのを」

これは、冗談ごとではないのだと、シャリースはようやく悟った。彼女は本気だ。そして、彼らを見逃すつもりは無いらしい。

「……一体、何があったんだ？」

シャリースの問いに、女はもったいぶった様子で溜息を吐いた。

「長い話さ」

つられて、シャリースも溜息を吐いてしまった。寝不足で疲れ切り、腹も減り始めている。正直なところ、迷惑この上ない話だったが、どうやら彼女を振り切ることは、容易ではないらしい。

俺たちはここにいなくてもいいんじゃないかと、ダルウィンが隣の仲間に囁きかけている。それを横目で睨み、シャリースは、不精髭《ぶしょうひげ》にざらつく顎を撫《な》でた。

「――長かろうと何だろうと、とにかく、聞かせてもらわなきゃどうにもならないぜ」

女の表情に笑みが戻った。太い腕を乳房の下で組み、そして、シャリースにうなずいてみせる。

「でもその前に、あんたたちには、風呂と食事が必要なようだね。用意してあげるよ」

突然、何よりも求めていたものを差し出されて、シャリースは目を瞬《しばたた》いた。まじまじと相手を見つめる。

「……何だか急に、あんたのことが大好きになってきたよ」

女は鷹揚《おうよう》にうなずいた。

「そうだろうさ。男は皆、そう言うんだよ」

黒衣の男たちから忍び笑いが漏れ、女は顔をそちらへ向けた。

「でも、ここにいる傭兵さんたちを、一軒の店に全部押し込めるわけにはいかないね」

頭数をざっと数える。

「酒でも女でも、お望みのものが手に入るように手配はしてあげるけど、あんたのところの傭兵さんたちは、大人しくしていられるかい？」

「つまり、さっきの酔っぱらいみたいな真似をされると困るってことだな」

シャリースはうなずいた。

「俺だって、そんなことされたら困る。バンダルの評判ってものがあるからな。よし、おまえら全員、よく聞け！」

改めて注意を引くまでもなく、バンダルの面々は、興味津々《しんしん》で、隊長と女のやり取りを見守っている。

シャリースは、彼らをぐるりと見回した。

「ここのご婦人方は、皆まっとうな商売をしている。ここでの揉め事は御免だ。飲み食いや、でなければ服を脱ぐ前には、値段の交渉をちゃんと済ませておけ。もし、ここのご婦人方に無体を働くような真似をしたら——」

言葉を切って、シャリースは一瞬考えた。彼らもエンレイズ軍の一員として、守るべき軍規は持っている。だがここで、縛《しば》り首《くび》だなどと脅《おど》しを掛けたとしても、信憑性《しんぴょうせい》は薄い。手綱をしっかりと締める

ために は、別の脅し文句が必要だ。

隊員たちはじっと、シャリースを見つめている。ふと名案を思いつき、シャリースは唇の端を持ち上げた。

「……そいつのズボンとマントを没収して、丸一日、町の門柱にくくりつけることにする！」

この宣言に、傭兵たちはしんと静まり返った。シャリースは、簡単に部下を処刑したりはしない。しかし、不心得者が出た場合、その部下を晒《さら》し者《もの》にするくらいのことは、躊躇《ためら》わないだろう。傷付くのは不心得者の自尊心だけで、実害は無い。

傭兵たちを黙らせて、シャリースは、太った女へ目を戻した。

「……ところで、俺は熱い風呂が好みでね」

相手は心得顔にうなずいた。

「頭まで浸《つ》かれるくらいに、たっぷりお湯を沸かしてあげるよ」

実際のところ、シャリースが頭まで浸かれるような湯船は無かった。

しかし彼は、与えられたものに満足した。女はエマーラという名で、歓楽街に数軒の店を持ち、この辺りでは顔役であるらしい。彼女はてきぱきと店の女たちに指示を与えて、シャリースには風呂を、そして他の面々にも、それぞれの望むものを探してくれた。

シャリースは狭いが清潔な部屋で、一人、熱い風呂を堪能《たんのう》していた。

日が落ちた頃から、通りは客で賑《にぎ》わい始めている。人声のさざめきが、彼のいる部屋にも聞こえてきたが、それは微かな雑音でしかなかった。太い蠟燭《ろうそく》が室内を温かな黄色に照らし、香料入りの蠟が溶ける、甘い香りが漂《ただよ》っている。

左手に怪我さえしていなければ、入浴をさらに楽しめただろう。左の掌には、まだ、血の滲んだぼろ布が巻きつけられたままだった。風呂から出たら、改めて手当てをするつもりだったが、片手が不自由だと、身体をうまく洗うことが出来ないのだ。

外から、扉が叩かれた。シャリースがそちらへ首を捻《ね》じ曲げると、細く開いた扉の向こうから、一人の女が顔を覗かせる。

「入ってもいい？」

尋ねはしたが、返事は求めていないようだった。彼女はもう、室内に足を踏み入れかけている。

シャリースは右手で、濡《ぬ》れた顔を拭《ぬぐ》った。

「……相手はいらねえって、エマーラには言っといたはずなんだがな」

女はするりと室内に滑り込んで来た。後ろ手に扉を閉める。

「聞いたわ。でもあなたは片手を怪我してるっていうから、背中を流してあげようと思っただけよ」

蠟燭の明かりが届かず、女の姿は、おぼろげな影でしかなかった。辛《かろ》うじて判ったのは、彼女が金髪を高々と結い上げていることと、たっぷりとした白っぽいドレスを身に纏っていることだけだ。

「他に幾らでも、実入りのいい仕事があるんじゃないのか？　それとも、俺の背中を流して金貨を請求する気か？」

金髪の女は笑い声を立てた。

「これは、酔っぱらいのお客を追い出してくれたお礼よ」

ゆっくりとシャリースに近付いてくる。

「それから、私の好奇心ね」

湯船の脇に跪《ひざまず》いた女を、シャリースは間近に観察した。年は、二十代の半ばだろう。化粧気の無い顔には、愛嬌のある丸い瞳が輝いている。ふっくらとした頬にはえくぼが浮かび、特別美しいわけではないが、人を惹《ひ》きつける魅力を確かに備えている。

「私はヴェルマよ」

彼女はそう名乗った。シャリースはそれで納得した。彼女こそ、バンダル・アード＝ケナードを護衛に望んだ妊婦なのだ。見れば確かに、彼女の腹部には大きな膨《ふく》らみがある。

シャリースは目線で、その腹を指した。

「その腹は本物か？」

この問いに、ヴェルマの眉が悪戯《いたずら》っぽく吊り上がる。

「私が、シーツを丸めて服の中に突っ込んでいるとでも思っているの？」

「いっそその方が気が楽だな。最初に言っておくが、下らねえ嘘《うそ》を吐いてでも俺たちを雇おうって輩は、大勢いるぜ」

相手が怒り出すのも覚悟の上だったが、ヴェルマの反応は違った。彼女は立ち上がり、躊躇いもなくスカートをたくし上げると、シャリースの右手を取り、その中へと導いたのだ。

温かな丸い膨らみに、シャリースはじかに触れた。ヴェルマはシャリースの手首を掴み、彼の掌で、自分の腹をゆっくりと撫でてみせた。

「妊娠している女の身体に、触ったことはある？」

笑いを含んだ声音で尋ねる。シャリースはうなずいた。

「昔な」

「私のお腹に、赤ちゃんがいることは判った？」

「ああ、判った」

彼が子供時代を過ごしたのは大きな農場で、出入りする人間も多く、妊婦の姿も珍しくはなかった。子供たちは、妊婦の丸い腹を撫で、時折、赤ん坊の動きを掌に感じては、歓声を上げたものだ。今、ヴェルマの赤ん坊は眠っているようだが、それでも、彼女が妊娠していることは、疑いようのない事実だ。

彼女はシャリースの手を解放し、スカートの襞《ひだ》を整え直した。湯船に掛かっていた洗い布を取って湯を絞り、シャリースの肩を擦《こす》り始める。

「エマーラから、私のことは聞いた？」

ヴェルマの手は力強い。シャリースはその心地よさに目を閉じた。

「……あんたの護衛を頼まれたよ」

肩を擦っていた手が、背中へと降りて行く。

「私を連れて行ってくれる？」

シャリースは薄目を開けた。ヴェルマが、彼の目を真っ直ぐに覗き込んでいる。

「行きたいのか？」

シャリースの問いに、相手はうなずいた。

「ええ。この子を安心して産んで、育てられる場所にね」

穏やかに、彼女は答えた。本気なのだと、シャリースは確信した。それまでは、エマーラが、妊娠した娼婦を厄介払《やっかいばら》いしたがっているだけかもしれないという可能性も考えていた。だが、ヴェルマの表情には、微塵の迷いも、恐れもない。

しかし、何故《なぜ》そんな決意をするに至ったのかは、検討の余地がある。エマーラからはまだ、詳しい話は何も聞いていないが、一筋縄ではいかないであろうことは、容易に想像がついた。その他にも、彼がこの話を断る理由は、幾らでもある。

目に落ちかかって来た水滴を、シャリースは片手で払った。

「――とにかく、今すぐ返事をするわけにはいかないね。どうもこいつは、そう簡単に決めていいような話には思えねえからな」

ヴェルマはシャリースの背中を洗い終えた。

「いいわ」

恐らく最初から、いい返事を期待していたわけではなかったのだろう。彼女は未練げもなくそう言った。

「あなたは疲れてるみたいだしね」

洗い布をシャリースの胸の前ですすぎ、湯船に掛け直す。そして彼女は、からかうような笑みを浮かべてみせた。

「女は買わないと言ってたようだけど、添い寝するだけだったらどう？　もちろん、お代は結構よ」

その口調には、娼婦ならではの媚《こび》が含まれている。

もしシャリースがベッドでその気になれば、いつでも相手をすると言わんばかりだ。

シャリースは片手で、部屋の一隅《いちぐう》を指した。

「あそこにあるベッドは、三人で寝るには狭すぎないか？　ぐっすり寝てるところを、赤ん坊に蹴られて床に転げ落ちるのは御免だぜ。沽券《こけん》に関わるからな」

ヴェルマは唇の端を上げ、部屋から静かに出て行った。


翌日、シャリースは、エマーラの居間に招き入れられた。

日は高く昇っていたが、エマーラは起きたばかりらしい。この界隈《かいわい》では朝が遅いのだ。髪はきちんと結い上げられ、化粧も済ませていたが、その堂々たる身体に纏っているのは、たっぷりとした赤いガウンだけだ。胸の合わせ目からは、巨大な乳房が半分覗いていた。

風呂に入って髭も剃《そ》り、借り物の清潔な服を着て現れたシャリースを、彼女はじろじろと眺めた。

「なかなか見られるようになったね、傭兵さん」

シャリースは肩をすくめて、それを受け流した。

「そうだろうさ。そこのお嬢さんに、裏表満遍《まんべん》なく洗ってもらったからな」

同席しているヴェルマを顎で指す。金髪の妊婦が、意味ありげな笑みを投げて寄越す。

女主人とは違い、ヴェルマは既に、きちんと身支度を整えていた。せり出した腹を薄茶色の地味なドレスで覆《おお》った彼女は、一見、富裕な商家の嫁で通りそうだ。唇に差した鮮やかな赤い色だけが、彼女の属する世界を示している。

「どうぞ、座って」

ヴェルマは自分の隣の椅子を、傭兵隊長に示した。

「私は失礼して、お先に食事を済ませてきたの。二人分の胃袋を抱えてると、お腹が空いて、お客が起きるのを待ってはいられないのよ」

「あたしも待ちきれない気分だよ」

エマーラが口を挟む。

「さっさと食べ始めようじゃないか」

言われるがまま、シャリースは腰を下ろした。

丸いテーブルには、次から次へと、温かな料理が運ばれてくる。ヴェルマがそれを給仕し、シャリースは嬉しい驚きを覚えながら、腹に詰め込んだ。この店の娼婦たちがベッドでどれほどの働きをするのかは知らないが、少なくとも、とびきりの料理上手がいるのは間違いない。

「よく眠れたかい？」

エマーラが、ソーセージにナイフを入れながらシャリースに尋ねた。熱い肉汁が皿に流れ出す。

「結局、ベッドを独り占めにしてたんだってね」

「あんたのお気に召さないことは判ってたよ」

シャリースは肩をすくめた。

「だが、何日も野宿してたんだ、柔らかいベッドで、手足を伸ばして眠りたいと思ったとしても、当然だろう？　大目に見てもらいたいもんだな」

パンは熱く、ソーセージはさらに熱かった。湯気を立てる小さな鍋《なべ》が食卓に運び込まれてくる。受け取ったヴェルマが、中になみなみと入っていた野菜のスープを深皿に注《そそ》ぎ、シャリースの前へ置く。躾《しつ》けられた身ごなしだった。彼女は、身分の高い客にも仕えられるように訓練されているのだ。シャリースと目が合うと、愛嬌たっぷりに微笑してみせる。こちらは訓練の賜《たまもの》ではなく、彼女の生来の気質だろう。

エマーラもスープを受け取り、せっせと口に運び始めた。その勢いは、腹を減らした傭兵に、まったく引けを取らない。ヴェルマが切った冷たいハムは、あっという間に、エマーラの腹の中へと消えた。ヴェルマがすかさず、新たな一切れを女主人の皿に載せる。

しばらくの間、彼らは食べることに集中した。左手の傷は塞《ふさ》がりかけており、シャリースが食事をするのにもさほどの支障は無かった。たとえ不自由なことがあったとしても、ヴェルマが手を貸してくれただろう。

「——それじゃあ……」

テーブルの上の食べ物があらかた片付いたところで、シャリースは口を切った。

「昨日の話の続きをしてもらおうか。身重の女を攫おうって悪巧《わるだく》みについて、詳しく頼むぜ」

エマーラは椅子の背にもたれかかった。

「引き受けてくれるのかい？」

シャリースへ、絡《から》め取《と》るような流し目を送る。シャリースは肩をすくめた。

「さあな。だが、説明しないまま済まそうってのはなしだ。得体の知れない仕事は引き受けないことにしてる」

「いいわ、別に隠すことじゃないもの」

口を挟んだのは、当事者であるヴェルマである。

彼女はテーブルの上で両手を組み合わせた。少しばかり椅子を引いて、シャリースと正面から顔を合わせる。

「正規軍にいる、ディザートという指揮官を知ってる？」

シャリースはしばし考え込み、そしてかぶりを振った。

「知らないな。有名人か？」

「その人が、この子の父親なの」

ヴェルマが目線で、自分の腹を指してみせる。シャリースはしげしげと、相手の顔を見やった。

「それは確かか？　そういうのは、妊娠してる当の本人にも判らないんだとばっかり思ってたがな」

「普通はそうね——こういう場所では」

気を悪くした風でもなく、ヴェルマは微笑した。

「でも、この場合は違うの。私は、ディザートがここに駐屯《ちゅうとん》している二ヶ月半の間、彼の専属だった。そういう契約をしたのよ。彼は全額前払いで払ってくれたから、私は約束を守って、他の客を取らなかった」

小さく肩をすくめる。

「そして、妊娠した。だから、疑う余地は無いの」

「なるほど」

納得して、シャリースはうなずいた。

「あんたは金払いのいい、エンレイズ軍指揮官に、貞淑《ていしゅく》な妻のように仕えて、その子供を身籠った。となると、あんたを攫いたがっているのは、そのデイザートとかいう奴か」

ヴェルマは唇の端を上げた。

「ええ」

「だが、あんたは断ったんだな――彼の子供を産もうってのに」

「それとこれとは話が別よ」

素っ気ない口調で、彼女は応じた。

「彼はただのお客なの。大勢のうちの一人。愛してなんかいなかったし、好きだったかどうかさえ判らないわ」

シャリースは右腕を椅子の背もたれに掛け、ちらりとエマーラを窺《うかが》った。大柄な女主人は、半ば閉じた瞼《まぶた》の下から、彼を見返して来た。

「あの男は、ヴェルマの子供が欲しいんだ」

苦々しげに、そう断言する。

「自分にも子供が出来るって証明されたことが、嬉しくって堪《たま》らないんだよ」

「彼と奥さんとの間には、子供が出来なかったらしいの。自分の血を直接引いた相続人が欲しいのよ」

ヴェルマが後を引き取った。

「だが、あんたには渡す気はないわけだ」

シャリースの言葉に、相手はうなずいた。

「決められた時間、自分の身体を売るのが私の仕事」

なんのてらいもなく、そう言ってのける。

「でも、子供を売ったりはしない。それは、私の仕事じゃないし、誰の指図も受ける気はないわ」

「ところが、向こうさんの考えは違うようでね」

エマーラはいかにも億劫《おっくう》そうな様子で身体を起こし、今度はテーブルにもたれかかった。

「どこからか、ヴェルマが自分の子供を身籠ったと聞きつけて、使いを寄越したのさ。相応の手当てを出すから、自分のところで、子供を産んでくれ、子供はそのまま引き取るからってね。ヴェルマが突っ撥《ば》ねたら、今度は、むさいのを三人も繰り出してきてね」

「穏やかじゃねえな」

シャリースの呟《つぶや》きに、エマーラが鼻を鳴らす。

「三人とも、あたしが尻で弾《はじ》き飛《と》ばしてやったよ。とにかくそういうことがあったんで、ヴェルマは実家に帰ることにしたのさ」

「ジーシャノウから西に進んで、川を渡った地所に、一族で住んでるの。畑を作ってね」

ヴェルマは穏やかに言った。

「今回の件があってから、手紙で何度もやり取りした。皆、私とこの子を守ると言ってくれたわ。私、一族の中では立場が強いのよ。皆が飢えて死にかけていたとき、私がここに来て、全員の命を救ったから」

「――なるほどな」

貧しい家の娘が、家族のために身売りする話はありふれている。しかし他の多くの場合とは違い、彼女の身内は、犠牲を払った娘に償《つぐな》いをする気があるらしい。

「だが、一族の地所にディザートがごろつきを雇って押しかけたら？」

シャリースは尋ねた。

「そっちの方が危ないんじゃないか？　こういう人目のある街中と違って」

「家に帰ったらすぐ、はとこの一人と結婚することになってるの」

淡々とヴェルマは答えた。

「結婚してしまえば、この子はモウダー人の両親から生まれたってことにできる。そうしたら、エンレイズ軍の将校には、手を出せなくなるわ」

彼女は息をつき、そして続けた。

「でも、ここでは駄目なの。この町では、あまりにも多くの人が、私とディザートのことを知ってるもの。家に戻れば、結婚の書類を作るのは祖父だし、その点はどうとでもなる。でも、書類が出来るときには、私がそこにいなくちゃならない。だから、家まで無事に辿《たど》り着《つ》くまで、護衛をしてもらいたいのよ」

「——話は判った」

シャリースは顎を引いた。

「それでも、あんたが正気だとはとても思えねえな」

事情を聞いて、納得はしても、躊躇いが消えたわけではない。彼女が妊娠していることはもちろん問題だ。だが、腹に子供がいようといまいと、ヴェルマが若く美しい女である事実は変わらない。朝日の下で見るとさらに、健康的な笑顔が引き立つ。しかも、気立てもいいときている。

シャリースは、女主人の方へと視線を向けた。

「なあ、傭兵隊ってのは、男所帯だ。てめえで言うのもなんだが、獣の群れみたいなもんだぜ。そんなところに、こんなきれいな娘を放り込んで、無事に済むとでも思うか?」

至極真っ当なことを言ったつもりだったが、しかし女主人は全く怯《ひる》まない。テーブル越しに、ぐっと身を乗り出してくる。

「無事に済ませてもらうために、金を払うと言ってるんだよ」

眼差しに、鋭い光が宿っている。恐らく彼女はこのひと睨みによって、娼館で発生する多くの問題を解決してきたのだろう。

一方シャリースも、それなりの修羅場《しゅらば》をくぐり抜けてきている。気が弱くては、やってはいけない稼業だ。

「そんな保証は出来ねえよ。どうやら、断るしかないようだな」

「あんたが隊長だろう？　言うことを聞かせなよ」

シャリースは肩をすくめた。

「生憎だが、あいつら、俺のことなんか屁《へ》とも思っちゃいないぜ。隊長なんてものは、ただ便利に使われてるだけの役回りなんだよ。敬意なんざ、欠片《かけら》も払われちゃいないぜ」

「だけど昨夜、あんたのところの傭兵さんたちは、全員、今まで来たどこのバンダルよりもお行儀よくしてたよ」

エマーラは言い募《つの》る。

「ま、皆が皆、女の子たちの相手をしてくれたわけじゃなかったようだけど、酒や食べ物の支払いはちゃんとしてくれたし、酔って暴れる奴もいない。あんたの睨みが利いてるからだろう」

「いや、違うね」

シャリースは即座に応じた。

「下半身丸出しで門柱にくくりつけられた上に、股《また》座《ぐら》にぶら下がってる大事なものを、あんたらにちょん切られたくなかったからだ。門のないところまで行ったら、何しでかすか判ったもんじゃねえぜ」

実際には、そこまで深刻な問題は起こらないだろう。しかし、若い女が一人いるだけで、バンダルの中の空気は変わる。下手をすれば、バンダルの命運を左右するような事態にもなりかねないのを、シャリースは知っていた。面倒なことが起こる前に、それを避けたいというのが本音だ。

それを、エマーラの慧眼《けいがん》は見抜いたらしい。

「本気で言ってるようには見えないね」

そう決めつける。シャリースは真っ向から、彼女の視線を受け止めた。

「……俺は別に、冗談を言ってるわけじゃないぜ、エマーラ」

低く告げられた一言に、ヴェルマが固唾《かたず》を呑んだ気配がした。

しかし、エマーラも、シャリースも、そちらには目を向けなかった。しばしの間、睨み合いは続いた。

やがて、太った女主人は、唇に笑みを浮かべた。

「……あんたに名前を呼ばれるとぞくぞくするね、隊長さん――言い値は幾らだい？」

シャリースは片手を振った。

「俺にもう一度名前を呼んでほしいって話なら、十コペラスで手を打つぜ」

はぐらかそうとするシャリースに、エマーラは、表情を引き締めた。

「五十オウル出すから、この子を家に連れて帰っておくれよ」

シャリースは一瞬言葉に詰まった、ジーシャノウまでは、どんなにゆっくり行っても二日か、せいぜい三日の距離だ。女一人を送り届けるだけの報酬としては、決して悪い条件ではない。

しかし五十オウルは、娼婦一人の安全を確保するために、その雇い主がぽんと出すような金額ではない。

「……教えてくれ、何でそんな大金を払う気になった？」

探るような傭兵隊長の問いに、エマーラはさらに身を乗り出した。

「ヴェルマは、エンレイズの指揮官を捉まえて、二ヶ月半もの間がっちり確保してた。その間は、ディザートだけでなく、取り巻き連中や下っ端の兵士まで、あたしたちのところに来た。お陰で、あたしたちの懐《ふところ》は大いに潤《うるお》ったもんさ。あたしはねえ、恩知らずじゃないよ。五十オウルでその礼が出来るのなら、安いもんだ」

シャリースは、ヴェルマの方へ視線を向けた。金髪の妊婦は、今はじっと、シャリースを見つめている。その眼差しに、しかし哀願の色はない。あるのはただ、決意と期待、そして、微かな諦《あきら》めの色だ。

シャリースは思わず目を逸《そ》らし、そして、溜息を吐いた。

「――ちょっと考えさせてくれ」

女たちはうなずいた。

2

エマーラの持つ娼館には大きな厨房《ちゅうぼう》があり、常に何人かの娼婦がたむろしている。

暖炉《だんろ》では肉の塊《かたまり》がゆっくりと炙《あぶ》られ、大鍋《おおなべ》ではシチューが煮込まれている。テーブルの上には、パンの塊と焼き菓子が無造作に積み上げられ、誰でも好きな時に食事が摂《と》れるようになっていた。厨房は娼婦たちがおしゃべりを楽しむ場でもあり、今も、三人の女がテーブルに集まっている。一人はパン生地を捏《こ》ね、残る二人はその側《そば》に座り、菓子を摘《つま》んでいる。昼過ぎのこの時間帯ならば、娼婦たちの多くは、自由にくつろいでいられるのだ。

彼女たちの視線は、厨房の隅にいる白い狼《おおかみ》と、その飼い主に向けられている。

エルディルは、肉のたっぷりと残った羊のあばら骨を与えられ、夢中になって齧《かじ》りついていた。強《きょう》靭《じん》な顎《あご》が、骨を端から噛《か》み砕く。太い尻尾は嬉しげに揺れて、床を擦《こす》っている。

この狼の食事代については、誰も、何も言わなかった。何しろエルディルは、娼婦仲間を暴漢から救った英雄なのだ。そのうえ彼女は、その気になれば、無害で愛らしい獣《けもの》を巧《たく》みに演じて、幾らでも食べ物をねだることができる。女たちは初めて触れる生きた狼に興味津々《しんしん》だ。

だがそれ以上に、彼女たちの興味は、狼が、自分の母親だと信じている男へと向けられている。

マドゥ＝アリは壁際のテーブルについて、木の椀《わん》に盛られた熱いシチューとパンを食べている。

彼は、一目見れば忘れられぬ容姿の持ち主だった。この辺りでは珍しい浅黒い肌に、澄んだ緑色の瞳が光る。顔の左半分は黒い刺青《いれずみ》に覆《おお》われ、その表情は殆《ほとん》ど読めない。注意深い者が見れば、その刺青が、バンダル・アード＝ケナードの面々が軍服の肩に付けている白い縫《ぬ》い取《と》りと、同じ図柄《ずがら》であることに気付いただろう。

だが、そのことについて、本人が自ら語ることはない。他の、一切のことについても同様だ。

マドゥ＝アリは、極端に無口な若者だった。彼が真に心を許しているのは、エルディルと、そしてシャリースだけだ。バンダルの仲間たちも、この若者の態度を受け入れている。それでもなお、この異国出身の傭兵《ようへい》が仲間の信頼を集めているのは、いざというとき、彼とエルディル以上に頼りになる兵士はいないということを、誰もが承知しているからだ。

マドゥ＝アリと同じテーブルで、チェイスとライルが食事を貪《むさぼ》っている。

チェイスにとって、この厨房以上に居心地のいい場所はなかった。彼はバンダル・アード＝ケナードの中で、誰よりも健全な胃袋の持ち主である。浮浪児上がりのこの若者は、子供の頃に味わった空腹の苦しみを、今でも忘れられないのだ。食べ物を詰め込める機会は、決して見逃したりはしない。

ライルもまた、チェイス同様、町の道端で、ひもじい思いをして育った過去がある。傭兵としての稼《かせ》ぎは、幼い浮浪児たちを養うために費やしているが、彼もまた、食べられる喜びを放棄したりはしない。

殊《こと》にこの食事は、娼婦たちの厚意によるもので、代金を請求されていなかった。若者たちはいわばエルディルのおまけで、狼が餌をもらうついでに、娼婦たちの食事を分け与えられているに過ぎないのである。しかしもちろん、若い傭兵たちに文句があろうはずもなかった。ここにいる娼婦たちが、自分たちの母親ほどの年齢であることも、問題ではない。少なくともエルディルが食べている間は、温かな厨房から追い出されずに済むのだ。彼らにとっては願ってもないことである。

外に通じている扉が静かに開き、冷たい空気が厨房に流れ込んできた。室内にいた者たちが、一斉にそちらへと目を向ける。

入って来たのは、黒い巻き毛を首の後ろでまとめた、若い娘だった。

恐らく、チェイスよりも年下だろう。化粧を全くしておらず、服も簡素で、一見したところ、娼婦らしい様子はどこにもない。すらりと背が高く、透き通るような白い肌に、意志の強そうな黒い瞳が輝いている。

室内に足を踏み入れた瞬間、彼女の視線は、羊の骨と格闘している狼に吸い寄せられた。

「白い狼がいるって、本当だったのね」

感嘆したように呟《つぶや》く。一方エルディルの方は、そちらに目を向けもしない。ひたすらご馳走《ちそう》に集中している。片方の耳が、微《かす》かにぴくりと動いただけだ。

それから娘は、テーブルで食事をしている三人の傭兵へ目を向けた。マドゥ＝アリに気付き、息を呑《の》む。娘が立ちすくむのを認めて、マドゥ＝アリはすぐに目を伏せた。彼にとっては、自分が恐怖や好奇の的になることなど、日常茶飯事だ。だが、相手を怖がらせることは、彼の本意ではない。

居合わせた娼婦の一人が、その様子に笑い声を立てた。

「怖がることはないよ、サリア」

黒髪の娘を手招きする。

「狼もそこのお兄さんも、あんたを取って食いやしないから」

「この子は新入りでね」

別の一人が、傭兵たちに向かって説明する。

「まだ、客の見極めってもんを知らないのさ」

サリアと呼ばれた娘は、用心深い足取りで、女たちのテーブルに着いた。その目はマドゥ＝アリに釘付けだったが、マドゥ＝アリの方は顔を上げない。その代わり、チェイスとライルが、食べ物を詰め込みながらも興味津々でサリアを見ていた。彼らにとって十代の若い娘は、それだけで注目に値する存在だ。

「男を見る目は、これからたっぷりと養えるだろうさ」

パンを捏ねている女が、サリアへにやりと笑いかける。

「ヴェルマと一緒に行くんだろう？　それならずっと、この傭兵さんたちとくっついていることになるよ」

サリアはそちらを向いて、ゆっくりとうなずいた。そして、傭兵たちに向き直る。

「……その話はもう決まったの？　あなたたちが、ヴェルマを連れて行ってくれるの？」

突然水を向けられて、チェイスとライルは顔を見合わせた。口の中の物を飲み込んで、ライルがかぶりを振る。

「まだ判らない。隊長は、行くとも行かないとも言ってないな」

チェイスはその隣で、新しいパンの塊を摑《つか》んだ。

「どっちにしろしばらくは休暇だって言ってたから、あと何日かはこの辺にいるんじゃないかな」

「おや、それは大変だ」

パン生地を伸ばし始めた女が、大袈裟《おおげさ》に驚いてみせる。

「こんな大食らいが何日もいたんじゃ、うちの食糧庫は空《から》っぽになっちまうよ」

　チェイスは相手へ笑みを向けた。

「買い出しに行くのなら手伝うよ」

　冗談めかしてはいたが、しかし、その眼差《まなざ》しは大真面目である。もちろん、仕入れてきた食べ物が、自分の口に入ることを期待しているのだ。

　ふと気付いて、ライルは黒髪の娘へ目を向けた。

「あれ？　それじゃあ、あんたが付き添いの人ってこと？」

「ええ」

　応じたサリアは、しかし、固い表情だ。

「ヴェルマがここを離れるときは、一緒に行くことになってるわ」

「つまり、助産婦か何か？」

「……勉強はしてたわ」

　サリアはうなずいた。

「経験はまだ少ないけど、でも、このためだけにお医者様を雇う余裕はないし、ヴェルマは、私でいいって言ってくれたの」

　そのとき、戸口を外から叩く者があった。

　サリアが立ち上がり、扉を開ける。外に立っていたのは、正規軍の紺色の軍服を着た男だ。しかし、町に駐屯《ちゅうとん》している兵士の一人ではない。雑嚢《ざつのう》を担いだままで、軍服は土埃《つちぼこり》に白くなってしまっている。

　兵士は室内を覗《のぞ》き込《こ》み、傭兵たちの姿を認めて、ほっとしたような笑みを浮かべた。

「ああ、見つけた、バンダル・アード＝ケナードだ」

　三人の傭兵たちは、相手に見覚えがなかった。兵士はどうやら、黒い軍服の肩にある刺繍《ししゅう》と、白い狼で彼らを見分けたらしい。

「ジア・シャリースに伝言がある。彼はどこだ？」

　兵士の言葉に、マドゥ＝アリが立ち上がった。エルディルが、不満げに鼻《はな》を鳴らす。マドゥ＝アリは食事を終えていたが、彼女はまだ、ご馳走を半分ほど残している。

　狼の無言の訴えには応えずに、マドゥ＝アリは兵士の先に立って、店の奥へ通じる扉に向かった。白い狼に剣呑《けんのん》な眼差しを向けられながら、兵士がその後に続く。身の危険を感じたに違いないが、マドゥ＝アリの平然とした態度を信じることにしたようだ。

渋々《しぶしぶ》とエルディルは身体を起こした。座ったままのチェイスとライルに、ちらりと、疑り深げな目を向ける。

母親の後に続く彼女は、食べかけの骨をしっかりと咥《くわ》えていた。

娼館の一隅《いちぐう》に、客たちが酒を飲み、あるいは女たちの品定めをする場所がある。

一間にテーブルやベンチが並べられている様は、ただの酒場と変わりはない。夕方になれば、そこに着飾った娼婦たちが姿を現し、客に秋波《しゅうは》を送る。客たちは、気に入った女を隣に座らせて値段の交渉を行い、合意に達すれば、彼女を腕に摑まらせて、階段を上がっていくことになる。

だが、日も高いこの時間には、部屋にはまだ、娼婦も客もいない。前夜の汚れはすべて清められ、暖炉の薪《まき》には灰が被せられている。薄暗い部屋は寒々としていたが、しかし無人ではなかった。微かな熱を発している暖炉にぎりぎりまで近付いて腰を下ろし、二人の男が、テーブルを間に額《ひたい》を突き合わせている。

シャリースは、女主人との朝食の後に、ダルウィンをここで捕まえたのだった。

ダルウィンは疲れた顔をしていたが、機嫌は良かった。だからこそ、幼馴染《おさななじみ》に付き合う気になったのだろう。二人は、娼婦の一人が分けてくれた水差し一杯のエールを舐《な》めながら、目下の懸案《けんあん》について話し合っている。

とはいえ、結論は出ていない。若い女を連れて行くこと自体には、ダルウィンはシャリースほど危機感を覚えていない。

最大の問題はやはり、彼女の腹が大きいということだ。護衛の仕事を請け負うときには、雇い主の安全を第一に考えなければならないが、この場合は、不安要素が多すぎる。

ゼーリックがいれば、と、彼らは、そう考えずにはいられなかった。

ゼーリックはバンダル・アード＝ケナードの最古参であった。彼らが傭兵になる頃には、彼は既に、バンダルの中心人物の一人だった。誰もが、彼の経験と判断力を尊重し、軽口を叩きながらも敬意を払ったものだ。若くして前任者から隊長の任を託されたシャリースは、この年嵩《としかさ》の傭兵を頼りにしていた。何事も、彼に相談しさえすれば間違いないと、そう思っていたのだ。

自分はもうすぐ引退する、というのが、ゼーリックの口癖だった。もう何年もそれを言い続けた結果、誰一人、その言葉を信じる者はいなくなっていたが。

結局、彼はこの秋、戦場で死んだ。

引退の夢は、夢のまま終わった。彼の魂は故郷であるセリンフィルドに帰り、今はそこで安らいでいるはずだ。

バンダル・アード＝ケナードにとっては、大きな損失だった。

誰もがそれを痛感している。殊に、シャリースには堪《こた》えていた。彼は親しい仲間と相談役を、一度に失ったのだ。ダルウィンには、幼馴染がどう感じているのかよく判っている。ゼーリックはかけがえのない存在だった。だがこれから自分たちは、彼なしでやっていく術《すべ》を覚えなければならない。

とはいえ、すぐに変われるものではない。

「ゼーリックがどう言うかってことを、つい考えちまうんだよ」

テーブルに頬杖《ほおづえ》をついて、シャリースは、薄赤く光っている暖炉の灰を見つめる。ダルウィンはうなずいた。

「だがゼーリックは、おまえの決めたことに反対はしないだろう」

「ああ、そうかもな。だが、嫌な顔はするかもしれない」

「ゼーリックの口癖を真似してやろうか」

エールのカップを置いて、ダルウィンは幼馴染の方へ身を乗り出した。

「おまえが隊長だ、シャリース、おまえが決めろ」

その真面目くさった顔つきに、シャリースは苦笑した。確かに、ゼーリックはよく、そんなことを言った。その言葉に、何度勇気づけられたかしれない。

シャリースはエールを口に含んだ。

「ヴェルマを連れて行くとしたら」

ゆっくりと言葉を紡《つむ》ぐ。

「俺は何をすべきかね」

「彼女を、俺の隣で寝かせてやってもいいぜ」

ダルウィンは唇《くちびる》の端を上げた。

「おまえよりも俺の方が、信用があるからな。付き添いの女の面倒も見てやろう。俺が付いていられないときには、エルディルを張り付かせておけばいいだろう」

彼は考えを巡らせるように、煤《すす》けた天井を見上げた。

「――妊婦を連れて行くこと自体は、何とかなるかもしれねえと思うよ。道中赤ん坊に何かが起こっても、俺たちの責任じゃねえってことを、向こうが納得してくれるんならな。どんなに時間を掛けたとしても、せいぜい数日の話だし、早産の危険があるとしたら、俺たちよりも向こうの方がよく判ってるだろう」

「そうだな」

シャリースは顎を撫《な》でながら、この仕事について検討した。

「……むしろ問題は、この仕事を受けることで、軍のお偉いさんを敵に回すことかもしれねえな」

そもそもヴェルマがこの危険な旅を決行する気に

なったのは、エンレイズ軍将校の手から逃れるためだ。その彼女を保護することはつまり、ディザートというその指揮官と、真っ向から衝突するということを意味する。エンレイズ軍所属の傭兵隊としては、出来れば避けたい事態である。

ダルウィンは眉《まゆ》を寄せた。

「だが、俺たちがここにいて、ヴェルマの話を聞いたことは、秘密でも何でもないぜ。正規軍の奴らだって知ってるだろうし、もしかしたら、もう、ディザートとやらの耳にも届いているかもしれねえ」

「……そうかもな」

不承不承、シャリースはそれを認めた。

ここが歓楽街である以上、人目の多さは如何《いかん》ともしがたい。もしディザートが今もヴェルマに関心を抱き、彼女を監視させているとしたら、バンダル・アード＝ケナードが関わっていることはすぐに知れるだろうし、ヴェルマが町を出れば、それもまた筒抜けだと考えるべきだ。この仕事を受ければ、ディザートの恨みを買うことは避けられない。

「ディザートの野郎の手駒が、自分の懐《ふところ》の金で雇ったごろつきか何かなら、俺たちで十分間に合うだろう」

シャリースはエールを口に運んだ。

「だがもし、奴が見境を失《な》くして、正規軍の兵士を使ったりしたら、こっちにもそれなりの覚悟がいるな」

「ヴェルマはモウダー人だ」

頬杖をつきながら、ダルウィンが指摘する。

「正規軍の奴らが、彼女を襲うような危険を冒すかね？　少しでも頭のある奴は、そんな命令を出す指揮官がいたら、まずそいつの正気を疑うんじゃねえか？」

「だが、腹の赤ん坊は、半分エンレイズ人だ。ヴェルマも、それは認めてる――少なくとも、彼女が結婚の届けを無事に出すまでは、ディザートもそれを主張できる」

もしディザートという男が、彼らが恐れるほどに口巧者《くちごうしゃ》であれば、部下たちを言いくるめられるだろうし、上官にも、自分の主張を認めさせるかもしれない。下手《へた》をすれば、上層部から、バンダル・アード＝ケナードへの咎《とが》め立《だ》てすらあるかもしれない。

どこから見ても、受けにくい仕事であることは間違いない。二人は口を噤《つぐ》んだ。互いの腹の内は同じだ。彼らは仕事を終えたばかりで、懐は温かい。近くに正規軍がいる以上、仕事は幾らでもある。ヴェルマには気の毒だが、これは、断ることを考えるべきだろう。

店の奥に通じる扉が開き、白い狼がするりと入り込んできた。口には肉片の付いた骨をしっかりと咥えている。

マドゥ＝アリが、薄汚れた正規軍の兵士を伴って、その後に続いた。シャリースはエールを持ったまま、身体を客の方へ向けた。見覚えのない顔だが、向こうもそれは同様らしい。

エルディルはシャリースを見上げてほんの申し訳程度に尻尾を振ってみせると、暖炉の前にどっかりと陣取った。金色の目を人間たちに据《す》えながら骨を前足に挟み、齧りつく。長く退屈な話になるのは、もう判っていると言いたげな態度だ。

兵士は、その様子を横目で見やり、エルディルが自分に無関心なのを確認した。それから、座っている二人の傭兵に向き直る。

「ジア・シャリース？」

「俺だ」

シャリースは片手で、空いているベンチを指した。

「座れよ、疲れてるみたいだな。着いたばかりか？」

傭兵隊長に言われるがまま、兵士は腰を下ろした。ダルウィンが、水差しに残っていたエールを自分のカップに注《つ》ぎ足《た》し、兵士に渡す。兵士は喉《のど》を鳴らしてそれを飲み干した。

「ここまで、休みなしでしてね」

手の甲で口を拭《ぬぐ》いながら、カップをダルウィンに返す。

「ありがたい、生き返りますよ」

マドゥ＝アリが、エルディルの側のベンチに腰を下ろす。兵士が不審な動きを見せれば、すぐにも取り押さえられる位置だ。しかし、兵士の方は気付いていない。

「レトリー司令官からの伝言を持ってきました」

彼はそう切り出した。

「今、ライピンの東に待機して、ガルヴォ軍と睨《にら》み合《あ》っているんですが、バンダル・アード＝ケナードに来てほしいとのことです」

この申し出に、シャリースは片眉を吊り上げた。

「生憎《あいにく》俺たちは、一仕事終えたばかりで疲れてるんだよ。他の奴らを当たってくれないか」

すげない返事にも、しかし、一向に兵士は引き下がろうとしない。

「判ってます。でも、司令官の副官が、是非ともバンダル・アード＝ケナードに来てほしいと言ってましてね」

「ああ、そうだろうよ」

ダルウィンが、にやにやしながら口を挟む。

「俺たちに厄介事《やっかいごと》の尻拭いをさせる気だ。いつだってそうさ」

兵士はダルウィンに、にやりと笑い返してみせた。上官を傭兵に侮辱《ぶじょく》されても、びくともしない。どうやら、無条件に上官を崇拝《すうはい》しているわけではないようだ。

シャリースはテーブルに頬杖をついた。

「ところでその副官って、誰だ？」

一応そう尋ねる。相手が誰であれ、馳《は》せ参《さん》じるつもりにはならないだろうと思っていたが、思惑は外れた。

「ハヴィ殿です」

この返事に、シャリースとダルウィンは、思わず目を見交わしていた。マドゥ＝アリですら、反応を窺《うかが》うかのような眼差しで彼らを見ている。

「何でも、知り合いだとか?」

兵士の問いに、シャリースはうなずいた。

実のところ、ハヴィのことはよく知っていた。戦場では、何度も一緒になったことがあり、互いに軽口を叩き合う仲だ。

ハヴィは貴族階級の出身で、それが故《ゆえ》に、正規軍の中では高い地位を得ている。エンレイズ軍には、そういう者が幾らでもいたが、ハヴィは他の若い貴族たちとは違い、自分の能力を過大評価していなかった。ハヴィは自分の過ちで兵士たちが死ぬのを恐れ、常に経験者の意見を求める。頭ごなしに無茶な命令を下す、無謀な軍人が多い中、彼は貴重な存在と言えた。傭兵たちの間にもしばしば出入りし、いいこともそうでないことも、色々と教えられていたものだ。

ハヴィが助けを求めているのなら、シャリースとしては、それに応じてやりたかった。それは個人的な感情だったが、使いの兵士によれば、実際の雇い主は、正規軍の司令官ということになるらしい。

正規軍に雇われるとなれば、バングル・アード＝ケナードにとっても悪い話ではない。休暇は早めに切り上げなければならないが、払いのいい、そして、自分たちの評価を上げることの出来る仕事にありつけるのだ。

「ハヴィか」

ダルウィンが呟いた。

「どうやら、ちゃんと生き延びているようだな」

「俺たちが仕込んだからな」

シャリースはうなずいた。そして、頭の中で地図を辿《たど》る。

「ライピンの方角なら、ちょっと遠回りすれば、ジーシャヤノウに寄れるぞ」

この提案に、ダルウィンは少しばかり考え込んだ。

「……悪くない考えだ」

顎を撫でながら、同意する。

「正規軍の仕事が次に控えているとなれば、うちの連中も女のケツのことばかり考えてるわけにはいかねえし、ついでにちょっと寄り道するだけで五十オウルってのは、いい稼ぎだぜ」

「こいつはひとつ、エマーラと話し合ってみる必要があるな――マドゥ＝アリ」

シャリースは寡黙《かもく》な部下に声を掛けた。

「悪いが、エマーラを呼んできてくれないか。相談したいことがあるってな。ヴェルマも一緒に来てもらえれば話が早い」

マドゥ＝アリは立ち上がり、静かに部屋から滑り出た。エルディルは暖炉の前に陣取ったままだ。母親が、すぐに戻ってくると知っているのだろう。鋭い牙が、がりがりと骨を削《けず》っている。

「ハヴィは元気か？」

待つ間に、シャリースは訊《き》いてみた。兵士は、不《ぶ》精髭《しょうひげ》の出た頬を擦《こす》りながらうなずいた。

「俺が出てきたときには、元気そうでしたよ。疲れた顔はしてましたけどね。新しく下についた連中と、ちょっと揉《も》めてるんですよ」

「へえ」

意外な思いで、シャリースは相手を見やった。

「揉めてる？　ハヴィが？　そいつは驚いたな。あいつは大人しい奴だと思ってたが」

彼の知る限り、ハヴィは、誰かに喧嘩《けんか》を売ることも、売られた喧嘩を買うこともしない青年だ。ガルヴォ兵相手ならばともかく、味方の兵士を相手に争いごとを起こしているところなど、見たことがない。

「確かに、ハヴィ殿は大人しいお人ですけどね」

兵士は唇の端を上げた。

「下についた連中が、ちょっと曲者《くせもの》でして。何しろハヴィ殿は若いですから――要するに、舐められてるんですよ」

身も蓋《ふた》もない言いように、ダルウィンがもっともらしくうなずく。

「ありそうな話だ」

彼は兵士に、二杯目のエールを注いでやった。

「ハヴィもそろそろ、厄介者の手綱の締め方ってものを学ばねえとな。いつまでも副官のままってわけにはいかねえんだから」

賢《さか》しらに語る幼馴染に、シャリースはにやりと笑った。

「練習用に、おまえを貸し出してやろうか。おまえなら、言うことを聞かない部下の役にはうってつけだろうよ。こっちも、さぞかし静かになるだろう」

ダルウィンが、馬鹿にしたように鼻を鳴らす。

「よく言うぜ。俺がいないと困るくせによ」

兵士が無遠慮な笑い声を立てた。やがて廊下から、重たげな足音が近付いてくる。

娼館の女主人は、ヴェルマとマドゥ＝アリを後ろに従え、堂々たる姿を現した。エールを飲んでいた兵士が、その巨体に、ぽかんとした顔になる。視線は、ドレスから盛大にはみ出している、エマーラの巨大な乳房に釘付けだ。

薄汚れた兵士を一瞥《いちべつ》し、そしてエマーラは、シャリースに目を向けた。

「何か、新しいことが起こったようだね」

「そうなんだよ」

シャリースは脇へずれて、エマーラが座るに十分な場所を空けた。エマーラがそこにどっかりと腰を下ろす。

ダルウィンも、ヴェルマのために場所を空けた。ヴェルマが隣に収まると、まず彼女の大きな腹を見やり、それから顔へと視線を上げる。目が合うと、ヴェルマはにっこりと笑ってみせた。マドゥ＝アリが静かに、元の場所に腰を下ろす。

シャリースは、女たちと順に目を合わせた。

「たった今、正規軍から仕事が入った」

兵士から聞いたばかりの話を繰り返す。

「……だから、ついでってことでよければ、送って行ってやれる。それでどうだ？」

傭兵隊長の申し出に対し、エマーラの眼差しは厳しい。

「そもそも、こっちが先口だったはずだけどね……」

「いいわ」

ヴェルマが、それを遮《さえぎ》った。さらに口を挟もうとした女主人を、片手で制する。

「それで構わない。出発はいつ？」

彼女はとうに覚悟を決めている。シャリースを真っ直ぐに見つめるその目に、それははっきりと表れていた。エマーラは不満顔だが、ヴェルマは意に介さない。

「明日の朝一番で」

シャリースの言葉に、彼女はうなずいた。

「支度するわ」

エマーラが、諦《あきら》めたようにかぶりを振る。兵士が横合いから異を唱えた。

「……こっちとしては、もっと早くに出発していただきたかったんですけどね」

シャリースはそちらに顔を向けた。

「ご婦人には、荷作りの時間が必要なんだよ」

ダルウィンが鼻を鳴らす。

「よく言うぜ。てめえがもう一晩、ゆっくり風呂に浸《つ》かりたいだけだろう。美人に背中を流してもらってな」

ヴェルマは小さく笑った。

「生憎だけど、今夜は無理ね。支度に忙しくなるから」

そして、立ち上がる。

「これで失礼するわ。サリアにも伝えなきゃ」

背を向けて出て行く金髪の娘を、彼らは黙って見送った。

太った女主人が、シャリースに目を戻す。

「――正直なところ、あたしは不安で堪《たま》らないよ」

身体に似合わぬか細い声でそう漏《も》らす。シャリースは溜息《ためいき》を吐《つ》いた。

「俺もだ。だが、腹を括《くく》るしかない」

「俺たちは全員、あの娘を見習うべきだな」

ダルウィンが、ヴェルマの消えた扉を顎で指す。

「彼女の肝《きも》が一番据わってるぜ」

それは、疑う余地がない。シャリースはテーブルに頬杖をついて、この先に待ち受けているであろう様々な困難のことを考えた。まずは、部下たちに、ことをよく呑み込ませるところから始めなければならない。

「――悪いがうちの連中に、明日は寝坊するなと伝えてくれないか」

女主人にそう頼む。エマーラは、必要以上の力強さでうなずいた。

「あたしが叩き起こしてやるよ」

厚い雲が空を覆い、夜明けだというのに辺りはなお暗い。

バンダル・アード＝ケナードは町外れの道端に集められ、白い息を吐きながら待機を命じられていた。正規軍に雇われたこと、そしてそのついでに二人の女をジーシャノウ近郊に送り届けることについて、シャリースが説明を終えたばかりだ。集められた当初は寝惚《ねぼ》け眼《まなこ》だった者たちも、話の内容と凍《こご》えるような寒さとに、今は完全に目を覚ましている。

伝言を届けに来た正規軍の兵士は、昨日のうちに、本隊へと戻っていた。バンダル・アード＝ケナードの到着が遅れることについては、彼が司令官に説明してくれることになっている。いい顔はされないだろうが、休暇中に捩《ね》じ込まれた仕事である以上、文句を言われる筋合いもない。

ヴェルマと、付き添い役であるサリアは、まだこの場に到着していないが、もう間もなく姿を見せるはずだった。その前に、シャリースは、彼女たちの面前では口に出しにくいことを、部下たちに言い渡している。

「何度でも言うが、いらん揉め事はごめんだ。彼女たちにちょっかいを掛けるな。彼女たちは雇い主で、もう、金をもらっちまってるんだからな」

「でも、成り行きによっちゃあ、合意が成り立つかもしれねえだろ？」

諦めの悪い一人がそんなことを言い出す。

「一緒に旅をして仲良くなれば、向こうがその気になるってことも、あるかもしれねえじゃねえか」

「駄目だ」

シャリースは冷たくそれを一蹴《いっしゅう》した。

「たとえ相手が、素《す》っ裸《ぱだか》で迫って来たとしても、突《つ》っ撥《ぱ》ねろ」

不服そうなつぶやきがぽつぽつと聞こえたが、シャリースはそれに笑みで応えた。

「なあ、冷静に考えてみろよ」

穏やかに言い聞かせる。

「若くて美人で、しかも妊娠してる女が、おまえらなんかになびくと思うか？　え？　おまえら自分のことを、それほどの色男だとでも思ってんのか？　都合のいい夢なんか見るもんじゃねえぜ。鏡とじっくり相談してみろ」

「……」

容赦のない物言いに、傭兵たちの間に沈黙が落ちる。そこまで言われて、なお言《い》い募《つの》れるほど図々しい者はいない。

だが、チェイスが片手を挙げて、シャリースの注意を引いた。

「――アランデイルは？」

躊躇《ためら》いがちに尋ねる。全員の目がチェイスに集まり、そして、アランデイルの上に移った。名指しされたアランデイルは渋い顔だ。

だが、チェイスの指摘には、もっともな理由があると言えた。アランデイルが美男であることに、異議を差し挟む者はいない。金色の巻き毛と青い瞳、そして洗練された物腰に、これまでも、多くの女たちが惹《ひ》きつけられてきた。当の本人も、自分の色男ぶりを楽しんでおり、若い娘を誘惑する手立ても、十分過ぎるほどに心得ている。

シャリースはチェイスに顎を引いてみせた。

「そうだな。心配だったら、交代で奴を見張れ」

「隊長！」

アランデイルが抗議の声を上げたが、シャリースは片手を振って、それを退《しりぞ》けた。

「諦めろ、アランデイル。おまえは、日頃の行いが悪いんだよ」

すげない返事に、傭兵たちの間から笑い声が漏れた。傭兵としてのアランデイルの腕前は、誰もが認めている。だがこと女が絡《から》む話になれば、彼は信用が薄いのだ。

マントにくるまった二人の女が、彼らの方に近付いてきた。

深く引き下げたフードの下に、シャリースは、ヴェルマの顔を認めた。その表情には、少しばかり緊張の色がある。彼女にとってはこれは不安な旅になるだろう。身重だというだけで負担だというのに、エンレイズ軍関係者からその赤ん坊を狙われ、おまけに同行者は、柄の悪い傭兵隊だ。

だがシャリースと目が合うと、彼女は果敢《かかん》に笑みを浮かべてみせた。

「おはよう」

明るく挨拶《あいさつ》をする。

「寒いわね。あんまり待たせたんでないといいけど」

シャリースは肩をすくめた。

「ご婦人を待つのは男の甲斐性《かいしょう》ってもんだが、待ちくたびれるほど待っちゃいない。それに俺たちは、雪の降ってる戸外でだって寝られるぜ。これくらいの寒さ、どうってことはない」

ヴェルマはうなずいたが、その顔からは、笑みが消えていた。声を落とす。

「……誰かが私たちをつけてきてるわ――店からずっと」

彼女の肩越しに、シャリースはちらりと、町の方を見やった。町の人々は既に活動を始めており、朝の早い旅商人たちは町を離れるべく、傭兵たちを追い越して歩き出している。彼らと最後の商談をしようと町の商人たちも集まっており、そこかしこを動き回っていた。その中で、誰か一人の顔を見極めるのは困難だ。

シャリースは目の前の女へ目を戻した。

「知った顔か？」

ヴェルマが微かに顎を引く。

「前にも見たと思うわ」

「つまり、ディザートの手下ってことか」

「多分ね」

その固い面持ちを、シャリースはしげしげと見下ろした。

「今なら考え直せるぜ。もし引き返したいってのなら、止めはしない。金は返す」

「いいえ」

ヴェルマはきっぱりとかぶりを振った。

「もう十分考えたわ。私は行く」

彼女にぴったりと寄り添い、同じようにフードを深く被っている黒髪の娘は、後ろを振り返らないよう、必死で自分を戒《いまし》めている様子だった。固く唇を引き結んだ娘の青白い顔に、シャリースは視線を移した。

サリアとは、昨日のうちに引き合わされていた。エマーラの言葉によれば、サリアは幼い頃から近所に住む産婆《さんば》の家に出入りし、多くの出産を手伝った経験があるのだという。ヴェルマの健康面の問題については、この生真面目そうな若い娘が、一手に引き受けることになっていた。

「あんたはどうだ、サリア」

シャリースは尋ねた。

「むさ苦しい傭兵たちと、いつ誰に襲われるか判らない旅に出る覚悟は出来てるか？」

サリアは青白い顔をシャリースに向けた。

「出来てるわ」

まるで、言葉を噛みしめるように応じる。

「ヴェルマが行くのなら、私は一緒についていく」

しかし、彼女がヴェルマほど居直っていないのは、その表情を見れば明らかだった。無理もないと、シャリースは考えた。戦いを生業《なりわい》としている傭兵ならばともかく、旅慣れぬ若い娘にとっては、これは大きな試練だろう。

だが、自分で行くと言う以上、連れて行くのが仕事だ。シャリースは二人の女を見比べ、意見が変わらないのを見届けた。

「判った。それなら、出発するか」

一行は、物見遊山《ものみゆさん》を楽しむかのような歩調で、ゆっくりと歩き始めた。

シャリースは、彼女たちを、傭兵たちの中央に置いた。ヴェルマをつけ狙う者がどこから来ても、応戦できる態勢だ。もっとも、もうしばらくは安全であるはずだった。こんな町の側で、黒衣の傭兵隊に喧嘩を吹っかけようと画策する愚《おろ》か者《もの》はいないだろう。四人の傭兵が斥候《せっこう》として先発しているが、今のところ知らせは何もない。

シャリースは、彼女たちの傍《かたわ》らについた。反対側は、ダルウィンが固めている。白い狼とその母親は、女たちの後ろにいた。シャリースが事前に、マドゥ＝アリへ、女たちの後ろにつくように指示しておいたのだ。エルディルは時折、首を伸ばして新参者たちのマントを嗅《か》いでいる。さほどの興味は抱かなかったようだが、何か不測の事態が起こった場合には、この狼が睨みを利かせてくれるだろう。

「もう、うちの連中には釘を刺しておいたが」

シャリースは、傍らの女たちへ話しかけた。

「あんたら二人にも言っておく。俺の部下にちょっかいを出さないでくれ。娼館にいたのなら、男がどんなに馬鹿な生き物かは心得てるだろう？　揉め事はなしにしたい」

「判ってるわ」

フードの陰から、ヴェルマはちらりとシャリースを見上げた。化粧はしていない。大きなマントにしっかりと包《くる》まり、肌を完全に隠した彼女は、もう、娼婦には見えなかった。それは、隣を行く背の高い少女も同様だ。

「おふざけも、ほのめかしも、殿方が都合よく誤解するような目つきも無しってことね。大丈夫。どのみち、そんな気分じゃないわ」

「いいだろう」

シャリースはうなずき、そして、後ろを指した。

「あんたらには、マドゥ＝アリを付けておく。そこの刺青の男だ。狼もな」

女たちは背後を振り返って、異国の男と、狼を見た。シャリースは続けた。

「俺とダルウィンがあんたらの側にいられないときでも、こいつがずっとくっついているからな。ま、おしゃべりの相手としては物足りないかもしれねえが、うちのバンダルでは、一番信用の置ける男だ」

ヴェルマが片眉を上げた。

「あなたを除《のぞ》いて、ってこと？」

思わず、シャリースは唇の端で笑っていた。

「俺よりも、だ」

「――彼は、言葉を話せるの？」

小さな声で尋ねたのは、サリアだった。

「まだ、あの人の声を聞いたことがないわ」

それを聞いて、ダルウィンが笑い声を上げた。自分と殆ど変わらぬ背丈の娘へ、茶目っ気たっぷりに目配せしてみせる。

「もちろん話せる。無駄口は叩かないがな」

そして片手で白い狼を指す。

「こっちのエルディルは、言葉は話さない――まあ、狼だからな。だが、俺たちが何をしゃべっているのかは、ちゃんと判ってる。悪口を言うと噛みつかれるぜ。気を付けな」

サリアはエルディルに目を向けた。しかし、その眼差しにあるのは、白い狼に対する称賛と敬意だ。

「この子は、賢くてお行儀のいい子だわ」

彼女はそう断言した。

「無闇に人を噛んだりしない。事実、今あなたは彼女を侮辱したのに、彼女は知らん顔してるわ」

「……」

「おまえの負けだな、ダルウィン」

呆気《あっけ》に取られて絶句した幼馴染に、シャリースはにやりと笑って言い渡した。

「このお嬢さんは、おまえよりエルディルの方が信用が置けるってことを、ちゃんと理解してるぜ」

人間たちの間で交わされたやり取りを、エルディルがどう受け取ったのかは不明だ。だがエルディルは、サリアに対しては愛想が良かった。腹の大きなヴェルマのために、彼らは何度も休憩を取ったが、エルディルはそのたびにサリアの手に撫でられに行き、彼女たちが用足しに離れるときには、進んで付き添いを務めた。

そのお陰で、傭兵たちは今のところ、女たちに近寄ることすらできず、遠巻きにしている状態である。マドゥ＝アリと共に、二人の女の護衛役を自任したエルディルは、不用意に近付く者には、誰であろうと牙を剝《む》いてみせる。それがただの脅《おど》しだと判ってはいても、傭兵たちはつい及び腰になる。いつもは狼の行動を制限しているマドゥ＝アリも、今回に限っては、エルディルの好きなようにさせている。

実際それが、自分のどんな脅しよりも有効であることは、シャリース自身も認めざるを得なかった。

今も、エルディルは、道端に座って休む二人の女の前に寝そべり、辺りを睥睨《へいげい》している。話が出来るほど側にいる男は、マドゥ＝アリ一人だ。そしてマドゥ＝アリは、場を和《なご》ませようなどという理由で、口を開いたりはしない。女たちもそれに慣れ、朝よりは寛《くつろ》いでいる様子だった。

「もらった金は、エルディルが受け取るべきだな」

そう言ったのは、メイスレイである。四十を少し過ぎた、穏やかな顔つきの痩《や》せた男だ。バンダル・アード＝ケナードではまだ新入りの一人だが、傭兵としての経験は長い。

「働いているのは、エルディルだけだ」

「あいつは、金貨なんて固くて食えないものは欲しがらねえだろうよ」

　シャリースは顎を撫でた。彼らは道の脇に立ったまま、周囲を見回している。そろそろ、斥候が戻って報告をするはずなのだ。

「――だが、いい肉の塊を買ってやるくらいはするべきかね」

　シャリースの呟きにいち早く反応したのは、側に立っていたチェイスである。

「冗談でしょ⁉　あいつもいつも、俺たちよりいい肉を食ってんのに！」

　片眉を吊り上げて、シャリースは若者を見下ろした。

「おまえに、いい肉と、そうでない肉の区別がついたとは、意外だったな」

　チェイスは反論しかけたが、それより先に、横にいたライルが笑い出す。だが恐らく、笑っているライル自身も、いい肉と悪い肉の区別などついてはいないのだろう。シャリースの見るところ、彼らが選ぶのは常に、同じ値段で買える、より大きな肉だ。

　待つうちに、斥候の一人が戻ってきて、異状なしと告げた。

「ただね」

　斥候に出ていた一人が報告を付け加えた。

「ライピン辺りにいるっていうガルヴォ軍ですが、移動する可能性が大きいようですよ。そっちの方から来た商人から聞きましたが」

　シャリースは眉を寄せた。

「どっちに行くって？」

「まだ準備しているだけの段階だったらしいですね。昨日の話です」

「判った」

　シャリースはうなずいた。要塞《ようさい》の中に立てこもっているのでない限り、軍隊は動くものだ。今のところは、逃げ回るのが上策だ。

「おまえらは一休みしてろ。チェイス、ライル、行って来い。ガルヴォの奴らと鉢合わせしたくない」

のんびりとした行軍に退屈していたらしい二人の若者は、すぐさま立ち上がり、任務を果たすために飛び出していった。

3

夕暮れ時には、野宿の場所を決めた。

傭兵《ようへい》たちの足ならば、宿のある場所までは一日で行ける。しかし身重の女連れでは、最初から野宿は覚悟の上だ。幸い、ゆっくり進んできたお陰で、ヴェルマの体調に異状はない。彼女の証言によると、赤ん坊も元気だという。

むしろ、疲れているのはサリアの方だと、シャリースは、二人の女を見比べてそう思った。農場育ちのヴェルマは、明らかに、身体を動かすことに慣れている様子だったが、サリアの方は違ったらしい。黒髪の少女は決して弱音を吐かなかったが、それでも、シャリースが野営《やえい》をすると宣言したときには、明らかに、ほっとした顔になった。

枯れ草を切り払って火を起こし、彼らは夕食の支度を始めた。

ヴェルマとサリアは、客としての特等席を与えられている。隊長である、シャリースの火の側《そば》だ。この場合の特等席は、しかし、名誉云々とは関係がない。シャリースの焚火《たきび》ではいつもダルウィンが料理をし、客は、野営地で最も美味《うま》いものを口にすることが出来るのだ。

幸い、斥候《せっこう》からも、不穏な知らせは届いていない。ダルウィンは嬉々として料理に掛かり、女たちも身を寄せ合って、その様子を見守った。エルディルも、料理に使われる材料の点検に余念がない。

何人かが、近寄ることを許されて、彼らの焚火の側で立ち働いていた。彼女たちの今夜の寝床を作っているのだ。枯れ草を集めただけの粗末なものだが、無いよりはましなはずだ。働いているのは、女たちに近寄っても、卑猥《ひわい》な冗談を飛ばしたりはしないだろうと、シャリースが選んだ者たちである。今夜の不寝番について打ち合わせをしながら、シャリースは時々横目でそちらを窺《うかが》ったが、問題はないようだ。

一度、メイスレイがサリアに声を掛け、その手を取って立ち上がらせたが、シャリースは心配しなかった。メイスレイには良識というものが備わっている。実際少女は、寝床の使い心地を試すように、促《うなが》されただけのようだった。

周囲が暗くなるにつれ、気温が下がり始めたが、バンダル・アード゠ケナードの面々は、それぞれの火を囲み、温かな食事と、少しばかりの酒で寛《くつろ》いでいた。

ダルウィンがスープを仕上げて、二人の女たちの椀《わん》に注《そそ》いだ。ヴェルマが口を付け、そして感嘆の声を上げる。

「おいしいわ。私よりもずっと料理が上手なのね」

「お誉めにあずかり、光栄だね」

ダルウィンは彼女にパンの大きな塊《かたまり》を渡した。

「二人分、たっぷり食いな」

そのパンの方に首を伸ばしたエルディルは、マドゥ゠アリにたしなめられて顎《あご》を前足に乗せた。拗《す》ねたような上目遣《づか》いでサリアを見やる。

「まあ、エルディル」

少女はスープの椀を両手で支え、小さな子を持つ母親のような口調で言った。

「これは駄目よ。あなたは火傷《やけど》しちゃうわ」

エルディルが、マドゥ＝アリに視線を向ける。だが助けを得られぬと知ると、彼女は溜息《ためいき》を吐《つ》いて目を閉じた。

ダルウィンはシャリースとマドゥ＝アリにもスープを渡した。夜の空気に、白い湯気がもうもうと立っている。空は晴れて、星が瞬《またた》いていた。聞こえてくるのは、傭兵たちの話し声、薪《たきぎ》のはぜる微《かす》かな音、そして時折吹く風の音だけだ。歩哨《ほしょう》に立っている者たちも、手持無沙汰《ぶさた》な様子で、野営地の周囲をぶらぶらと歩いている。

今のところは、平和だ。

ヴェルマの食べっぷりは、傭兵たちに引けを取らぬ見事さだったが、サリアは、きわめて優雅だった。地面に座り、傭兵たちに囲まれての食事だというのに、まるでどこかの晩餐会《ばんさんかい》にでも出席しているようだ。どうやら、いい躾《しつけ》を受けて育ったらしい。

しかし生憎《あいにく》、彼女は食べながら眠気に襲われている。瞼《まぶた》が落ちかけているのを認めたヴェルマが、殆《ほとん》ど空《から》になっているスープの椀を、サリアの手から取り上げた。そうしなければ、サリアはそれを、火の中に落としていたかもしれない。

「あんたはもう寝なさい、サリア」

ヴェルマは優しくそう諭した。

「昨夜もほとんど眠っていないでしょう」

サリアはうなずいた。そして、用意の整っていた寝床に、ゆっくりと倒れ込む。ヴェルマは椀を置き、甲斐甲斐《かいがい》しく、マントや毛布で少女をくるみ込んだ。エルディルがゆっくりと立ち上がり、サリアの隣に割り込む。そこが一番暖かいことは承知しているという顔だ。

狼《おおかみ》に添い寝されて、サリアはすぐに寝息を立て始めた。まるで、気を失ってしまったかのようだ。その寝顔は、子供のようにあどけない。

それを見届けて、ヴェルマは焚火の前に座り直した。隣にいるマドゥ＝アリへと視線を向ける。

「あなたの狼のお陰で、安心だわ」

彼女は最初から、マドゥ＝アリを恐れなかった。それどころか、引っ込み思案な子供を相手にしているかのように接した。以前にも同じようなことがあったのを、シャリースは思い出した。その肌の色と顔の刺青《いれずみ》にも関わらず、多くの娼婦たちが、マドゥ＝アリを簡単に受け入れる。男の品定めに慣れた目は、マドゥ＝アリの優しい気質を、一瞬で見抜くのかもしれない。

マドゥ＝アリは白い狼に目をやった。

「……エルディルは、サリアが好きなんだ」

静かな口調で言う。ヴェルマは真面目な顔でうなずいた。

「そうね」

そして、マドゥ＝アリの方へ向き直る。

「エルディルはいい子ね。あなたの育て方が良かったんだわ」

マドゥ＝アリの緑色の瞳が、僅《わず》かに眇《すが》められた。面食らったのだ。ヴェルマはその反応に笑みを漏《も》らした。食事を再開する。

「――サリアは、妹みたいなものなのよ」

やがて、ヴェルマはそう言った。黒髪の少女はぴくりとも動かずに眠っている。ヴェルマは穏やかな眼差《まなざ》しを、その寝顔へ向けた。

「あの子がエマーラのところに来たのは、つい最近なの」

焚火の仲間たちは、黙ってそれを聞いていた。ヴェルマは続けた。

「自分は私生児なんだって、サリアは言ったわ。でもあの子は、それを隠したり、恥じたりはしなかった。私も、妊娠して、これから私生児を産むことになるかもしれないって状況だったから、そのことについて、長いこと話したの。家に帰ることになったときも、あの子は、一緒に行って、何があっても、私とこの子を守ると言ってくれたわ」

無意識のように、彼女は自分の腹を撫《な》でた。

「私も同じ気持ち。エマーラの店の娼婦は、皆それなりに親しかったけど、本当の姉妹みたいに思えたのは、あの子だけ」

言葉を切り、ヴェルマは真っ直ぐにシャリースを見た。

「本当は、あの子を、エマーラの店に帰したくないの」

シャリースは相手を見返した。思わず、用心深い口調になる。

「俺たちの仕事は、あんたを家に送ることだけだ」

「判ってるわ」

ヴェルマは俯《うつむ》いた。額《ひたい》から零《こぼ》れ落ちた金髪が、炎に透けて輝く。

「でも、私も、出来ることならサリアのために戦いたいと思ったのよ——あなたにも兄弟はいる？」

唐突に尋ねられて、シャリースは少しばかり困惑した。

家族のことを、忘れた日はない。だが、それを人に話すのは久し振りだ。

「……兄貴がいた。でも、もう死んだよ。昔の話だ」

「そうなの」

ヴェルマの手が、ほつれた髪を掻《か》き上《あ》げる。

「でも、もしお兄様が生きてらして、あなたが困った立場に置かれたら、絶対に手を貸してくれると思わない？」

シャリースは、立てた膝《ひざ》の上に頬杖《ほおづえ》をついた。

「——多分な。だが俺の兄貴は、大人しい男だったよ。誰かと喧嘩《けんか》したところなんか見たこともない」

ヴェルマは目を瞠《みは》った。本気で驚いている様子だ。

「まあ、あなたとも？　兄弟喧嘩もなし？　うちは、四人兄弟だったけど、常に誰かが喧嘩してたわよ」

「兄貴とは、十以上年が離れてたんだ」

シャリースは指先で頬を擦《こす》った。子供の頃の思い出は、彼の胸に、むず痒《がゆ》いものをもたらした。今なら、自分がいかに甘やかされた子供だったか、そして、いかに兄が寛大《かんだい》で辛抱強かったのかがよく判る。

兄のレンドルーは病弱で、家から出られないことも多かったが、子供の相手を厭《いと》わなかった。シャリースが不始末をしでかしたときも、レンドルーだけは、彼の味方をしてくれたものだ。

「レンドルーは、そこいら一の美男だった」

ダルウィンが横から口を挟む。

「あんたにも見せてやりたいくらいだったよ。おまけに学もあった。周り中の若い娘たちは、一人残らず、レンドルーをものにしようと、鵜《う》の目鷹《たか》の目で狙ってたんだ。もっとも彼は、全く相手にしなかったがな」

まるで自分の兄のように自慢するのは、レンドルーが、ダルウィンにとっても兄のような存在であったからだ。

彼らが育ったのはシャリースの父が所有する農場で、同い年の二人は、日中の殆どの時間を共に過ごして来た。彼らはレンドルーにまとわりつき、読み書きを教わり、一緒に家畜の世話をした。もちろんシャリースとダルウィンは始終喧嘩をしたが、レンドルーはあくまでも、中立の立場を貫き通した。

レンドルーに、秋波《しゅうは》を送ってくる娘が多かったのも事実だ。しかしどの娘たちに対しても、彼は同じ態度で通していた。丁重で、そして素っ気なかった。思い返して、シャリースは口元を緩める。レンドルーはもちろん、理由を付けてはやってくる娘たちの目論見を承知していたはずだ。しかし彼の興味は、彼女たちよりも、本にあった。

「……レンドルーは、エンレイズの学校に行って、勉強がしたかったんだ」

シャリースの言葉に、ダルウィンもうなずいた。幼馴染《おさななじみ》を顎で指す。

「こいつとは、兄弟なのに大違いだったぜ。レンドルーには、生まれついての品てものがあったしな」

シャリースがダルウィンを肘《ひじ》で小突き、ヴェルマはそれを見て笑った。しかし、再びサリアの寝顔を見た彼女の目には、微かな苦悩の色があった。

やがて、ヴェルマもサリアの隣で眠りに就いてから、シャリースは周辺の見回りに出た。

夜気は冷たかったが、火を焚《た》いてさえいれば、耐えられぬほどではない。傭兵たちはそれぞれの火の側で寛いでいる。既に寝入っている者も多い。眠っている女たちの方へ首を伸ばそうとする者もいる。そわそわと落ち着かない雰囲気が感じられるが、それくらいは仕方のないことだろう。彼女たちの間に白い狼が丸くなり、ダルウィンとマドゥ＝アリが側についている限り、心配はない。

「お嬢さん方はどうだ、シャリース」

声が掛かってそちらを向くと、焚火の明かりに、メイスレイが片手を挙げている。シャリースはそちらへ足を向け、焚火の上に手をかざした。

「よく寝てる。今のところはな。夜営がきついってことを思い知るのは、もう少し気温が下がってからだろう。サリアの方は、食べながら居眠りしてたくらいだから、もしかしたら朝まで目を覚まさないかもしれないが」

「ほう」

メイスレイは、意外そうに眉《まゆ》を上げた。

「あの黒い髪の娘の方は、こんなところじゃ眠れないんじゃないかと思ってたがな」

「悪い男に囲まれてるからか？」

シャリースの軽口に、相手は小さく笑った。手を伸ばし、弱まった火を掻き立てる。

「――こんな吹《ふ》きっ晒《さら》しで寝るような育ちじゃないのではと思ったんでね。彼女は、貴族の出だろう」

シャリースはまじまじと、年嵩《としかさ》の男を見下ろした。

「へえ？　サリアが？　そう言ってたか？」

問い返されて、メイスレイは唇《くちびる》の端を下げる。

「いや……だが、少なくとも、エンレイズ貴族の子女としての教育を受けているようだ」

「あ、それは俺も気付きました」

隣の火にいたアランデイルが口を挟む。彼らの声の届く範囲では、全員が一様に、耳を澄ませている気配がした。

　シャリースにじろりと睨《にら》まれたものの、アランデイルは悪びれることもなく肩をすくめた。

「見るだけなら問題ないはずでしょう」

「見ただけで、彼女の教育の程度まで判るのかよ」

「判りましたよ」

　こともなげに、アランデイルは言ってのける。

「少なくとも、誰かが彼女を、宮廷に出すつもりで躾けてたんじゃないかってことくらいはね」

「……」

　自信に満ちた言葉に、シャリースは興味をそそられた。アランデイルの両親は宮廷の使用人だった。そして彼自身は、使用人の子としてではあるにせよ、王宮の中で育ったのだ。貴族の女性は見慣れている。

「例えば、どんなところで？」

　シャリースの問いに、アランデイルは、左手を優雅に持ち上げてみせた。

「男に手を差し出されたとき、左手の指先だけでこんなふうに摑《つか》まるのは、貴族の女だけでしょう」

「へえ？」

　シャリースは顎を撫でた。聞いたこともないというのが、正直なところだ。貴族の女性と接する機会があっても、その一挙手一投足にまで目を配ってはいなかった。

「そうなのか？」

「それに彼女は、クレソーに詳しい」

　メイスレイが言い添える。

「〝乾草の褥《しとね》に月明かり——〟、クレソーの詩に出てくる。寝床を作ってやったとき、彼女は俺にそう言った。貴族の娘は、クレソーの抒情《じょじょう》詩《し》で綴《つづ》りを習う。多分、響きが美しいからだろう。詩としてはつまらない出来だがな。だがクレソーは、貴族社会の外では、あまり知られていない」

　メイスレイがそうしたことを知っているのは、彼があらゆる詩に興味を抱き、頭の中に詰め込んでいるからだ。詩は、彼にとっては人生の重要な一部だった。長く退屈な夜には、彼の周囲に仲間たちが集まる。大昔の英雄譚《たん》や、洒落《しゃれ》の効いた滑稽詩《こっけいし》は、傭兵たちの気に入りの演目だった。

シャリースは、ちらりと娘たちの方を窺った。そして、メイスレイに視線を戻す。

「それを、サリアに言ったか？」

「いや」

年嵩の傭兵は、かぶりを振った。

「触れられたくない過去の話かもしれないからな」

シャリースはうなずいた。ヴェルマによれば、サリアは、自分は私生児だと認めているらしい。貴族の私生児だというのも、十分に有り得る話だ。

だが、私生児とはいえ、貴族の娘として育てられていたのだとすれば、今、娼婦に身を落としていることは、容易に触れていい類《たぐい》の話ではないだろう。

「……そうだな。詮索するようなことじゃない。どうせ、あとほんの何日かの付き合いだ」

傭兵たちは口を噤《つぐ》み、シャリースはその場を離れた。

歩哨に立っている部下たちの間を巡っていくと、一人が、シャリースの姿を認めて手招きをした。彼らが後にしてきた、マラーの方角を見張っている歩哨だ。

「どうした」

尋ねたシャリースに、相手は、道の先を指してみせた。

「あそこにね、誰かが野営してるんですよ」

指された辺りを、シャリースは注意深く見つめた。確かに、何者かがそこにいた。小さな炎が、周囲を薄明るく照らしている。

部下の言わんとしていることを察して、シャリースは眉を寄せた。

「いつからいる？」

「いるってことに気付いたのは、日が沈んで、空が暗くなってからです。今は暗くてよく見えませんが、あの辺りは灌木《かんぼく》が茂ってて、隠れるには絶好の場所でした」

「……」

シャリースは目を眇めて、微かな赤い光を見つめた。つまり、あそこにいる何者かは、日が暮れる前に、とっとと野営を決め込んだということになる。マラーに出入りする、普通の商人だとは考えにくい。商人ならば、よほど危険な場所でもない限り、日のあるうちは進み続ける。早さこそが、より多くの利益を生み出すのだ。もしあそこにいるのが商人であれば、致命的なほどの怠《なま》け者《もの》だということになる。

そして、商人でないとすれば――。

「つけてきてるってことか、俺たちを」

シャリースが確認する。ヴェルマは今朝、何者かが自分たちを尾行していると言った。もしかしたらその人物が、灌木の陰で、こそこそと暖を取っているのかもしれない。

歩哨もうなずいた。

「多分、そういうことだと思いますね。あれ以上、こっちに近付いてくる気配はないんですが……ちょっと、行って脅《おど》かしてきますか？」

部下の提案について、シャリースは一瞬考えた。そしてかぶりを振る。

「やめとこう。まだ明るいうちから野宿していたからって、別に犯罪じゃない。この物騒な黒い軍服を着たまま、モウダー人に脅しを掛けるような真似をするのはまずいしな」

相手は鼻《はな》を鳴らした。

「ヴェルマを追って来た奴なら、ディザートの手下ってことでしょう。まず間違いなく、エンレイズ人だと思いますけどね」

それならば、少しくらい脅かしてやったところで、エンレイズ軍に苦情が行くことはない。だが実際問題としては、彼らに、隣人の生国を確かめる術《すべ》はない。

「もし俺が追っ手で、エンレイズの傭兵に見つかって命を脅かされたら、自分は善良なモウダー人だと言い張るね。そうすりゃ、傭兵は、すごすご引っ込まざるを得ない」

シャリースの言葉に、歩哨も渋々《しぶしぶ》賛意を示した。

「そりゃそうですけどね」

「だが、朝になってもそこらをうろうろしているようなら、顔を拝みに行くことにしよう」

歩哨はうなずき、彼らはもう一度、闇の中に目を凝《こ》らした。

ぼんやりとした赤い光以外、動くものは何も見えなかった。

エンレイズ駐屯軍《ちゅうとんぐん》をまとめる司令官、レトリーの天幕から、若い指揮官の一人が夜の中に歩み出た。

ハヴィは五週間前に、レトリーの副官としての地位を得た。大した権限があるわけではないが、レトリーのすることを間近に見ることができる。ハヴィはそれを、戦術を学ぶ絶好の機会だと思った。貴族の出だからという理由で軍の指揮官という地位を与えられてはいても、彼は、自分には実力も経験も不足していることを知っていた。彼が今まで無事に生き延び、多少の戦果を挙げることが出来たのは、優秀な傭兵たちに助けられてきたからだ。

しかし、この五週間で、ハヴィは少しばかり失望していた。

レトリーは彼の父親よりも年嵩だったが、軍事に特別な才能を持っているようには思えなかった。もちろん、大軍を動かす方法は知っている。それにまつわる諸々の手続きにも詳しい。だが、戦術という点において、レトリーは凡庸《ぼんよう》な司令官だった。バンダル・アード＝ケナードと幾度か行動を共にしたハヴィは、その隊長の型破りな戦いぶりを間近に見ていた。レトリーと比べれば、その差は歴然としている。

だが数日前、レトリーが傭兵隊を雇いたいと言い出したときには、ハヴィはそれ以上失望するのはやめた。

レトリーが天才的手腕を発揮できなかったとしても、それは問題ではないのだ。自分だとて、三十年後に軍事の天才になっているなどという保証はない。だが少なくともレトリーは、ガルヴァ軍との避けられぬ衝突による被害を、最小限に食い止める手を講じようとしていた。そしてハヴィも、その作戦を支持した。バンダル・アード＝ケナードを雇うことが出来れば、自分たちは大分楽になるだろうと、レトリーに進言したのである。

バンダル・アード＝ケナードは、幸いなことに、この急な要請を受諾《じゅだく》した。しかし、別の仕事で少しばかり合流が遅れるという。

ハヴィはその知らせを、たった今、レトリーから聞いたばかりだった。現在バンダル・アード＝ケナードを拘束している仕事がいかなるものなのかは明らかにされなかったが、一両日中にはこちらに到着するらしい。

ハヴィの見たところ、レトリーもまた、その知らせに安心した様子だった。バンダル・アード＝ケナードは、誰よりも心強い味方になってくれるだろう。彼らは、ここにいる誰よりも、ガルヴァ軍のあしらい方を心得ている。

ここに宿営しているのは、レトリー率いる正規軍の兵だけだ。刈り取りの終わった麦畑の、隣の空き地で寝起きしている。宿営地の西には、北へと流れ下る川が横たわり、その対岸に、ガルヴァ軍が陣を敷いている。睨み合いは、既に一週間続いていた。

この場所で小競《こぜ》り合《あ》いが起きなかったのは、単に、川の水嵩が多く、対岸へ渡ることが不可能だからだ。

しかし、ガルヴァ軍の陣営が常に動いているのは、対岸からも見て取れる。伝令らしい騎馬の兵が絶えず出入りし、時折一群の兵士が移動している。他の者たちも、いつでも動けるように、身構えている様子だ。

そんなものを間近に見せられているエンレイズ軍の兵士たちが、心穏やかでいられるはずはない。

エンレイズ軍の宿営地は、夕食時も過ぎたというのに落ち着かない。こんな状態が、もうずっと続いている。

張りつめた空気を、ハヴィは痛いほどに肌に感じた。レトリーがこの現状を理解しているのか、不安になることもある。ハヴィの目には、司令官が、あまりにも呑気《のんき》に構えているようにも見えた。いざとなれば、ハヴィ自身も、軍を動かす命令を出さなければならないが、レトリーに教えを乞うたところで、納得のいく答えが得られるかどうかは疑問だ。

それに、もう一つ、別の問題がある。

兵士たちの間を抜け、自分の天幕に戻ろうとしていたハヴィの耳に、そのとき、一人の兵士の声が届いた。

「副官殿がお戻りだぞ」

せせら笑うような口調だ。

「一体、何のお役に立ったやら」

ハヴィは声の主を振り返った。相手は火の側に座り、真っ向から、ハヴィの視線を受け止めた。オレフは古参兵の一人で、名目上は、ハヴィの部下の一人である。猪首《いくび》の大柄《おおがら》な男で、角ばった顎は汚らしい髭《ひげ》に覆《おお》われていた。寛いだ様子で、口元には笑みさえ浮かべている。同じ火を囲んでいるのは、彼の、古くからの仲間たち四人だ。

ハヴィを悩ませている大きな問題が、この古参兵たちだった。

二十歳を過ぎたばかりの貴族の若造などに命令されることを、彼らは快く思わないのだ。彼らはそれを、隠そうともしない。だが、不服従の咎《とが》で罰せられる程のことはしでかさない。彼らは匙《さじ》加減を心得ている。

普段は、他の兵たちは、若い指揮官には無関心だ。貴族出身の若者は、彼らにとっては、別の世界の生き物なのだ。ハヴィは軍隊に入って以来、ずっとそんなふうに扱われてきた。ハヴィにとっては、むしろ傭兵たちのほうが、対等に話の出来る相手だった。

オレフと、その旧友のラシェックはしかし、五週間前に初めて顔を合わせたときから、ハヴィに対して敵意を剝《む》き出しにしてきた。聞こえよがしに悪口《あっこう》雑言《ぞうごん》を吐き散らし、しゃあしゃあと素知らぬ顔をする。命令には従うが、いかにも気の進まぬ様子を見せる。ハヴィは以前、別の指揮官が、同じような状況に立たされているのを見たことがあった。その指揮官は、兵士たちを避け続け、結局、耐えられずに軍を去った。

自分はあれほど神経質な性格ではないと、ハヴィは思っている。だが、陰湿な嫌がらせが続き、オレフやラシェックだけでなく、他の兵たちもがそれに同調し始めた今、彼は少しばかり疲れてきていた。

それでも、挫《くじ》けるつもりはない。問題は、オレフとラシェック、そしてその仲間だけだ。彼らが、兵士たちの心を支配している。彼らさえ押さえておけば、兵たちを動かすこともできるはずだ。

ハヴィはゆっくりと身体の向きを変えて、オレフの火の前に立った。焚火の炎越しに、真っ向からオレフの顔を見下ろす。

「今、ガルヴォ軍の偵察《ていさつ》に行っているのは誰だ?」

ハヴィの問いかけに、オレフは怠惰《たいだ》な仕草で顎鬚を掻いた。

「さあて、誰でしたっけねえ」

わざとらしく語尾を引き伸ばす。火の周囲から、忍び笑いが漏れる。

ハヴィは努めて淡々と、同じ問いを繰り返した。

「誰だ」

怒鳴《どな》りたくなる衝動は、湧き上がる前に抑え付けた。彼が手本にしたのは、バンダル・アード＝ケナードや、バンダル・ルアインの隊長たちだ。シャリースもテレスも、こんなことくらいで部下を怒鳴りつけたりはしない。そう考えれば、自分の感情も制御できた。

じっと目を逸《そ》らさずに待っていると、相手はようやく、肩をすくめた。

「……ゲナークですな」

「戻ってきたら、すぐに、レトリー司令官のところに出頭しろと伝えてくれ」

オレフは口を開けたが、結局、言いかけた言葉は飲み込んだようだった。小さく顎を引いてみせる。

「……判りましたよ、副官殿」

その声に侮蔑《ぶべつ》の響きを聞き取りながら、とりあえずは命令が容れられたことに満足して、ハヴィはその場から離れた。

彼を含め、指揮官たちは、それぞれ小さな天幕を与えられている。

十もの天幕が並ぶうちの一つに、ハヴィの寝床がある。その前には大きな火が焚かれて、貴族出身の指揮官たちが、眠りに就く前に暖を取り、言葉を交わせるように配慮されていた。三人の若者が、その火を囲んでいる。彼らはハヴィよりも年下だ。

ハヴィはその向こうに、一人の男が歩き回っているのを認めた。

その男の名前を思い出すのに、しばらく時間が掛かった。二週間ほど前に彼らに合流したものの、これまで殆ど口をきいたことのない相手だ。確か、ディザートという名だった。

同じ副官という立場でも、ディザートはこの陣営では、レトリーに次ぐ地位にある。ハヴィよりも十ばかり年嵩で、傲慢《ごうまん》そうな、鋭い目つきの男だった。あまり話し好きではないらしく、ハヴィも、挨拶《あいさつ》をする程度の付き合いでしかない。

ディザートは落ち着かない様子で、自分の天幕の前を歩き回っていた。苛立っているようにも、焦《あせ》っているようにも見えたが、ハヴィは、わざわざ話しかけはしなかった。

ディザートが何か問題を抱えているのは、この宿営地に到着したときから明らかだ。しかし彼はそのことについて、誰にも打ち明けようとはしない。今さら尋ねたところで、得るところはないだろう。それに、任務に支障を来《きた》さぬ限り、ハヴィには関係のないことでもある。

ハヴィは自分の天幕に潜《もぐ》り込《こ》み、やがて眠りに就いた。

全軍に移動の命令が出たのは、その翌日の昼だった。

本国からモウダーに入ったガルヴァ軍が、南下して対岸にいる味方の軍と合流しようとしているという知らせが届いたのだ。それを裏付けるように、対岸のガルヴァ軍が、陣営を畳んでいる様子が見て取れている。情報が正しければ、彼らは北へ向かうはずだ。

知らせには、ただちに西進して、こちらもマラーに駐留している味方と合流し、戦いに備えよという命令が添えられていた。レトリーはそれを受け、配下の指揮官たちに指示を出したのである。

慌ただしく出発の準備を進めながら、ハヴィは頭の中で地図を辿《たど》っていた。バンダル・アード＝ケナードは、マラーで彼の使いと会った。もしシャリースたちがマラーから来るのならば、予定よりも早く会えるかもしれない。少なくとも、こちらが動くことで両者の距離は縮まるはずだ。

バンダル・アード＝ケナードが側にいてくれさえすれば、事態は確実に変わるはずだった。ハヴィは、それを待ち望んでいた。


初めから承知のこととはいえ、一晩を地面の上で過ごすのは、ヴェルマとサリアにとっては辛《つら》い体験になった。

二人とも夜中に何度も目を覚まし、身体の痛みと寒さに耐え忍んでいた。傭兵たちは火にせっせと枯れ枝をくべ、毛布を貸し与え、出来る限りのことをしたが、それでも十分ではなかったのだ。

幸い、夜中にヴェルマが産気づくという事態は免れた。それでも、夜が明け、シャリースが全員に起床を求めたときには、彼女たちは目の下に隈《くま》を作り、火の前に、身を寄せ合って座り込んでいた。ダルウィンが前日の残りのスープを温め直し、渡してやったときには辛《かろ》うじて礼を言ったが、それ以後は、黙ってスープを飲んでいる。

シャリースは、彼女たちをダルウィンに任せて火の側を離れた。大丈夫かと、尋ねたところで無意味だ。大丈夫でないのは、一目瞭然《りょうぜん》だった。

彼は、昨夜灌木の中で小さな火を焚いていた隣人を見に行ったのだ。

念のため、部下の一人を伴っていたが、ささやかな野営地は、既にもぬけの殻《から》だった。焚火の跡は見つかったが、それ以外には何も残されていない。どちらにせよ、脅威になるほどの大人数ではないのは、野営の跡で明らかだった。せいぜい、一人か、二人だ。恐らく夜が明ける大分前に出発したのだろう。今もまだ、どこかで彼らを見張っているのかもしれないが、彼らには判らなかった。

追っ手のことは、シャリースはひとまず忘れることにした。それよりも、ヴェルマとサリアをゆっくりと休める場所に連れて行くことの方が重要だったのだ。

バンダル・アード＝ケナードと二人の女は、昼過ぎにジーシャノウに辿り着き、町外れに宿を取った。宿を決めるには早い時間だったが、やむを得ない。肝心のヴェルマとサリアが、動けなくなってしまったからだ。

乾いた柔らかなベッドを目にして、女たちは、明らかに、ほっとした顔になった。部屋は、宿というより、単に納屋《なや》を改造したもののようで、母屋《おもや》とは距離がある。畑に囲まれた場所で、静かだ。

中には一家族がまとめて寝られそうな大きなベッドが置かれ、部屋はそのベッドだけでほぼ一杯になっている。少しばかり隙間風が入るが、宿の主人の手によって暖炉《だんろ》に火が入れられると、十分に暖かくなった。少なくとも、一晩を野外で過ごした身には、満足のいく休憩場所だろう。

「ゆっくり休んでくれ」

シャリースは彼女たちに言った。

「外に何人か付けとくが、この中には入らねえよう言っとく。俺が出たら、扉に閂《かんぬき》を掛けておくといい。入り用なものがあったら、外にいる連中に声掛けてくれ。いいな？」

「ええ」

ヴェルマが応じる。

「まずは、熱いお湯が欲しいわ」

シャリースはにやりと笑って、片手で顎を擦った。

「その気持ちはよく判る。主人に言っておこう。風呂は判らねえが、少なくとも顔と手足を洗えるくらいの湯は、用意してもらえるだろう」

女たちを残して、シャリースは外に出た。

後ろ手に扉を閉めると、左右を、大小二人の傭兵に挟まれる格好になる。扉の脇に立っているのは、バンダル一の巨漢ノールと、小柄なベルグだ。彼らが、最初の見張り役を務めることになっている。

「しっかり頼むぜ」

シャリースは二人に声を掛けた。

「裏に小せえ窓はあるが、出入口はここだけだからな。ダルウィンが母屋の方にいる。何かあったら、大声出して呼べ」

他の者たちは、殆どが町へ入っていた。出発は明日の朝になると通達してある。

彼女たちを無事に送り届ければ、次に待っているのは正規軍との行軍だ。どんな場所に、どれだけの間拘束されるのかも判らない。その前に、必要なものを調達しておく必要がある。

ノールはシャリースを見下ろした。

「あんたは、隊長？」

「俺も食い物やら何やらを仕入れに行くよ」

シャリースは顎で、町の方を指した。

「その前に、そこらをちょっと見て回るかな」

ノールの眉根が寄った。

「……彼女たちをつけてきてるって野郎か？」

そのことについては、既に全員が知っている。いなくなっていたことも伝えられ、それらしい者が辺りをうろついていれば、すぐにシャリースへ知らされることになっていた。だが、今のところ怪しい人物の話は出ていない。

シャリースは小さく肩をすくめた。

「もしそいつがヴェルマをつけてきたんなら、この辺に先回りされたってことも考えられるしな」

それは、大いにあり得る話だ。彼らは街道を辿って来たのだ。次に立ち寄るのがこのジーシャノウであることは、簡単に予測できたはずだ。

ノールとベルグへ顎を引いてみせ、シャリースは母屋に向かった。こちらは、ささやかな酒場と、主人一家の住まいになっている。畑だけでは生活が苦しかったため、酒場と宿屋を兼業することにしたのだと、部屋を確保したとき、主人はシャリースに言っていた。今では、農作物よりも酒の売り上げの方がいいらしい。

一階の酒場は閑散としていたが、ダルウィンが、地元の農夫らしき二人の老人と、エールを飲みながらしゃべっていた。既に打ち解けているようで、二人の老人は、ダルウィンの冗談にげらげら笑っている。

「シャリース」

幼馴染の姿に気付いて、ダルウィンが片手を振ってみせた。

「ご婦人方はどうだ」

「熱い湯で身体を洗いたいとさ。俺も同感だ」

「この男は、三度の飯より風呂が好きってえ酔狂《すいきょう》な野郎でな」

シャリースを親指で指しながら、ダルウィンが、老人たちに向けて言う。

「だが、このでかい図体《ずうたい》のすっぽり収まる風呂なんか、そうそうあるもんじゃねえ。それなのにこいつときたら、小さな盥《たらい》にだって入りたがるぜ。だがそうなると、まず左足をちょちょっと湯に浸けて、それからその足を出して、今度は右足を浸けることになるんだよ。尻がはまって抜けなくなっちまったとも、一度や二度じゃないぜ」

見てきたようなダルウィンの嘘《うそ》に、老人たちが笑い声を上げる。その脇を通り抜けて、シャリースは厨房《ちゅうぼう》にいた主人を捉まえた。

「あっちのご婦人方に、たっぷりのお湯を頼むぜ」

ぎょっとしたように、主人は目を剝いた。

「産まれるんですか⁉」

「いや、そいつはまだだ」

シャリースは笑った。

「ただ清潔さを追求したいだけだ」

「はあ。じゃ、すぐに」

主人は大鍋《おおなべ》に水を入れ始め、シャリースは、初対面の老人たちと意気投合しているダルウィンのところに戻った。

「この二人は、昨日俺たちをつけてきた輩《やから》か？」

故郷であるセリンフィルドの言葉で、素早く尋ねる。ダルウィンは横目でちらりと、シャリースを見やった。

「いや、俺が見るに、近所に住んでる、ただの酒好きの爺《じい》さんだね」

やはりセリンフィルド語で答え、すぐさま新しい友人たちへ向き直る。

「もう一杯エールはどうだ？　ここにブランデーでもあったらいいんだが」

「俺は少し持ってる」

シャリースは雑嚢《ざつのう》から小さな水筒を取り出し、空になっていた老人たちのカップに、少しずつ注いだ。

「ちょっと味見してみてくれよ。口に合うといいんだが。俺たちの育った場所のすぐ近くでは、いいブランデーを作ってたんだ」

「素晴らしい香りだ！」

一人の老人が、感嘆の声を上げる。

「こんなに香り高いブランデーには、お目にかかったこともない」

もう一人の方は、あっという間に注がれた分を飲み干し、物欲しげな眼差しを、シャリースの水筒に向けている。

肩越しに厨房の方を窺い、主人がこちらを見ていないのを確かめて、シャリースはお代りを注いでやった。

「お気に召して何よりだ。ところで訊《き》きたいんだが、今朝早く、野っぱらで夜を明かしたような男が、その道を通らなかったか？」

顎で、目の前を走る街道を指す。老人たちは顔を見合わせた。

「そんな男は知らん」

お代りのブランデーも早々に飲み干した老人が答える。

「わしは夜明けからずっと、家畜の世話をしとったが、朝には余所者《よそもの》は誰も通っとらん」

「この道はマラーに続いているからな」

もう一人もうなずく。

「あんたらみたいに徒歩の女連れならともかく、普通は、野宿する必要なんぞないからの。マラーを朝に出てくれれば、夜にはここに着ける。好き好んで野宿する者は、そうはおらんよ」

「なるほどな」

シャリースはうなずいた。この老人たちが信用できるとすれば、とりあえず、追っ手がこの町に先回りしているという可能性は低くなった。だが、この老人たちが、よそ見をしていなかったという保証はない。用心をするに越したことはない。

「飲み過ぎるなよ、ダルウィン」

シャリースは幼馴染の肩を叩いた。

「判ってるだろうが、次に護衛に立つのはおまえだぜ」

「こんな薄いエールじゃ、どう頑張ったって酔えやしねえぜ」

ダルウィンが、声を低めてそうこぼす。

「きっと水が混ぜてある。そりゃ、儲《もう》かるだろうよ、こんなものを売ってるのなら」

シャリースは唇の端を上げた。

「いいことを聞いたぜ。俺は、よそで酒を買うことにしよう」

幼馴染の非難の眼差しを背に浴びながら、シャリースは外に出た。

ノールとベルグは、持ち場についている。街道を通っているのは、幼い子供を連れた農夫らしい男だけだ。町の商店に、買い物にでも行くのだろう。子供は父親の手に摑まり、おぼつかない足取りでよちよちと歩いている。父親は辛抱強く、それを見守り、助けている。平和そのものの、微笑《ほほえ》ましい光景だ。

親子の後ろ姿を見送って、シャリースは、街道を北へ歩き出した。町に出入りする商人で街道が混み合うのは、もう少し後になってからだろう。彼は刈り取りの終わった麦畑の中に足を踏み入れた。そこから、女たちが休んでいる離れの裏に回り込むことが出来る。

周囲を見回ったからといって、誰かが潜《ひそ》んでいると予期していたわけではない。見掛けるとすれば、せいぜい付近に住む農民だけだと思っていた。

しかし、のんびりと麦畑を横切ったシャリースは、そこで目にしたものに愕然《がくぜん》とした。

一体どこから現れたのか、一人の男が、離れの裏の窓から、火のついた木切れを投げ入れたのだ。

男は離れの向こうに回り、シャリースの視界から消えた。辺りは静かだ。今見たものが、幻か何かだったような気すらした。

しかし、次の瞬間、女の悲鳴が響き渡った。

シャリースは我に返った。弾《はじ》かれたように走り出す。

ほぼ同時に、金属同士が激しくぶつかり合う音が聞こえた。こちらには馴染《なじ》みがある。戦場で耳にする音だ。自分も、剣の柄《つか》に手を掛ける。

　ノールとベルグは、既に剣を抜いていた。三人の男が、黒衣の傭兵たちに対峙《たいじ》している。一人は、先刻窓から火を投げ込んだ男だ。たとえ相手が傭兵であろうと、数で勝《まさ》っていればどうにかなると判断したのかもしれない。

　しかし敵は、駆けつけたシャリースの姿に怯《ひる》んだ。彼らが目を見交わすのを、シャリースは認めた。相談をまとめるのは、その僅かな時間で済んだらしい。

　彼らは一斉に、町の方へと逃げ出した。

「助けて！」

　ヴェルマの鋭い声が聞こえた。

　襲撃者たちを追うのは諦《あきら》め、シャリースは扉を開けようとした。だが、思わず手を引っ込める。ドアの金具が、触れぬほど熱くなっている。足で扉を蹴《け》ってみたが、厚い木の板はびくともしなかった。

「無事か!?」

　扉越しに怒鳴る。叫び返したのは、サリアの方だった。

「早くここから出して！」

「門を外してくれ！」

「駄目なの！」

　ヴェルマの金切り声が届く。木の爆《は》ぜる、嫌な音が聞こえている。

「火が回ってるわ！　近付けない！」

「判った。扉から離れてろ！」

　女たちが咳《せ》き込み始めた。建物の壁の隙間から、煙が溢《あふ》れている。母屋から、ダルウィンが大きな桶を提げて飛び出て来た。宿の主人が、絶望的な面持ちで頭を抱え、煙の出ている離れを見つめている。

「ノール」

　シャリースは、大柄な部下を見上げた。

「頼むぜ」

　ノールはマントの端で肩を覆い、扉に突進した。一度目で金具が緩み、二度目で、扉が外れた。炎と煙が噴き出してくる。

ダルウィンが桶の中身を部屋にぶちまけると、水蒸気がもうもうと立ち上った。すぐさまノールが中に足を踏み入れる。シャリースも後に続いた。

二人の女は、部屋の片隅に縮こまっていた。見たところ怪我《けが》はないようだが、火はまだ、そこここで燃えている。ノールは有無を言わさずヴェルマの手首を摑んで引き起こし、軽々と抱き上げて外へ連れ出した。後を追うように、サリアがよろよろと立ち上がる。その少女の腕を取って、シャリースは彼女を外に押し出した。ベッドの上に置かれていた彼女たちの荷物も摑み、外に放り出す。

宿の主人と、客であった老人二人も、消火のために駆けつけてきた。ダルウィンは、空になった桶を担いで、母屋へと走っている。ベルグがその後を追う。

妊婦を抱いたまま、ノールは燻《くすぶ》る建物から後退《あとずさ》った。シャリースは周囲を見回し、煙に気付いた近隣の住民が、ちらほらと集まってくる様を目にした。襲撃者たちの姿は、しかしもう、どこにもない。

「彼女たちを母屋に連れて行ってくれ」

手の甲で顔を拭《ぬぐ》いながら、シャリースはノールに言った。

「歩けるか、サリア?」

名前を呼ばれて、黒髪の少女が顔を上げる。呆然自失の態《てい》で、しばらくの間シャリースの顔をじっと見つめていたが、やがて、黒い睫毛《まつげ》がゆっくりと瞬いた。

「……ええ、歩けるわ」

「よし、ノールと一緒に行け」

ゆっくりと歩き出したノールに、彼女は、よろめくような足取りでついていった。母屋の方から飛び出して来たダルウィンとベルグが、彼らとすれ違う。それぞれ手に水を運んでいる。

彼らの運んできた水で、火はほぼ消し止められた。宿の主人は今にも泣き出しそうに焦《こ》げた内部を覗《のぞ》いていたが、被害はそれほど深刻ではない。修繕は必

要だが、また使えるようになるだろう。

傭兵たちには、他に心配しなければならないことがある。

「一体何が起こったんだよ」

ダルウィンが空になった桶を地面に下ろして尋ねる。

「誰かがヴェルマを攫《さら》いに来たのか？」

「何にせよ、俺たちを殺そうとしたのは確かだぜ」

ベルグは大きく息をついた。

「……ありゃあ、攫いに来たって感じじゃなかったな。俺とノールを斬り殺して、中にいた女どもは蒸し焼きにしようとしてたみたいだ」

シャリースはうなずいた。彼の目にも、事態はそんなふうに映った。襲撃者は、いきなり部屋の中に火を投げ込み、入口にいた傭兵たちの動きを封じようとした。シャリースが駆けつけることなく、ノールとベルグがあそこで手間取っていたら、女たちは今頃命を落としていたかもしれない。

だがそれは、そもそもディザートの欲するところではなかったはずだ。彼が欲しいのは、ヴェルマの腹にいる赤ん坊だ。母親を殺してしまっては、元も子もない。

「ディザートの野郎がとち狂ったのか、それとも、手下が命令を聞き間違えたか——」

シャリースは、ベルグに目を向けた。

「相手の正体は判るか？」

ベルグは肩をすくめた。

「いきなり斬りかかって来た奴相手に、不躾だが素《す》性《じょう》を詳しく教えてくれなんて、言えるわけないだろう」

「エンレイズ人だったか？」

「かもな」

「平服だったのは俺も見たが、兵士だと思うか？」

「そりゃ判らねえ」

ベルグはかぶりを振った。

「だが、少なくとも、知った顔じゃなかったな」

「ちょっと待てよ、つまりディザートが、正規軍の兵士を使ったってのか？」

ダルウィンが横合いから口を挟む。

「私用で部下を使って、その上、味方の傭兵を襲わせるなんて、これ以上ないほど立派な軍規違反だぜ……有り得ねえくらいにな」

確かに、それが事実だとは考えにくい。シャリースは片手で、男たちが逃げ去った方角を指した。

「――それなら、あいつらは誰だ。彼女たちを、問答無用で殺したがってるのは……」

言葉を切り、そして彼は、唇の端を歪《ゆが》めた。

「……もしかしたら、ディザートの奥方かもしれねえな」

しばしの沈黙の後、二人の部下はうなずいた。

「そっちの方が、幾らか納得のいく説明だな」

ベルグがそう認める。ダルウィンも思案げに眉を寄せる。

「よその女が跡継ぎを産んだとなっちゃあ、立場が無くなる。もしディザートの女房が、体面や自尊心を何よりも気にする女だったら、人を雇ってヴェルマを子供ごと殺そうとするかもしれねえ」

シャリースは溜息を吐いた。

「……だとしても、ディザートの奥方に手紙を書いて、問い合わせることも出来ねえがな」

火が完全に消し止められ、それ以上することがなくなったのを確認して、傭兵たちは、母屋に向かった。

ヴェルマとサリアは酒場のベンチに座っていた。青ざめた顔にはところどころ煤《すす》が付いているが、先刻よりも幾らかは落ち着いて見える。ノールが、彼女たちの側に付き、護衛の任を務めている。

シャリースは、女たちの前に立った。

「気分はどうだ？」

ヴェルマは、丸い瞳を一杯に見開いてシャリースを見た。怯《おび》えている。当然だろう。

「……誰か死んだの？」

問いかけた声は、掠《かす》れていた。シャリースはかぶりを振った。

「いいや、今日のところは、まだな」

女たちは息を呑んだ。シャリースの言葉に含まれた意味を、正確に理解したのだ。無意識のように、彼女たちは互いの服を握り締めている。

サリアが大きく息を吸い込み、そして吐き出した。

「すぐに出発した方がいいの?」

語尾に、決然とした響きが滲《にじ》んだ。何としてもヴェルマを守ると、彼女はそう言ったという。その覚悟は、焼き殺されそうになっても揺らがなかったらしい。

シャリースは側のベンチに腰を下ろした。

「いや、もう居場所が知られてる以上、慌てたってしょうがねえ。街中の方が、人目がある分安全だろうよ」

宿の主人が戻って来た。客である老人たちも一緒だ。主人は疲れ切った様子だったが、老人たちの方は、好奇心に目を輝かせている。傭兵たちに守られる謎の女たちと、突然の暴力沙汰《ざた》に興味津々《しんしん》のようだ。

「確か、湯を沸かしてくれって頼んどいたよな」

シャリースは主人に声を掛けた。

「……はあ」

気の抜けた顔で、主人がうなずく。シャリースは厨房を指した。

「持ってきてくれ。見りゃ判るだろうが、ご婦人方は、顔を洗う必要があるからな」

4

結局女たちは、町の中心部にある、値の張る宿で一夜を過ごすことになった。

バンダル・アード＝ケナードは、宿の周辺はもちろん、内部にも不寝番を立てた。彼女たちの寝室にはエルディルが入れられ、誰であれ、押し入ろうとする者があれば、その場で食い殺せと命じられた。放火の件が伝わってからは、傭兵《ようへい》たちも、楽な仕事だという認識を改めた。これまでの話では、敵がヴェルマを傷つけることは有り得ないはずだった。だが今は、彼女だけでなく、周囲にいる人間まで、命の危険に晒《さら》されている。

だが、二度目の襲撃はなかった。

シャリースは、不安を抱えながら朝を迎えた。ヴェルマの説明によれば、今日中には、彼女の生まれた村に辿《たど》り着けるらしい。着いてしまいさえすれば、ヴェルマはすぐに結婚し、腹の中の赤ん坊ごと、デイザートには手の出せない存在になる。

だがもし、昨日の襲撃者の狙いが、赤ん坊ではなくヴェルマの命だったのなら、彼女が結婚しようがしまいが、彼女を殺そうとするかもしれない。

彼女を村へ送り届けるまでが、自分たちの仕事だ。その後、彼女の身に何が起こったとしても、自分たちの責任ではない。そう思ってはいても、一度は撃退した輩《やから》によって、彼女が殺される可能性を考えると、穏やかな気持ちではいられなかった。いっそ、もう一度攻撃を仕掛けてくれれば、きれいに片を付けられるのにと、そう思わずにいられない。

階段の脇や廊下に立つ部下の前をすり抜けて、シャリースは、女たちの部屋の扉を叩いた。

「入っていいか?」

扉越しに尋ねると、中から、閂《かんぬき》を外す音がした。顔を覗かせたのは、黒髪の少女である。

「どうぞ。今、朝食を食べ終わったところなの」

彼女の足元で、白い狼《おおかみ》が尻尾を振っている。しきりに舌舐《したな》めずりをしているところを見ると、朝食のおこぼれにあずかったらしい。

扉が閉まる前に、狼はするりと廊下へ抜け出した。シャリースを、護衛の交代要員とみなしたのだろう。そのまま身軽に、階段を降りていく。

部屋は広く、大きなベッドの他に、テーブルと椅子が揃《そろ》っていた。椅子の一つに、ヴェルマが座っている。元気一杯というわけにはいかないようだったが、少なくとも、昨日、焼き打ちを食らった直後よりは、幾らかましな気分になったようだ。服を整え、髪もきちんと結い上げている。

サリアはベッドに腰を下ろし、シャリースは空いた椅子を勧められた。

「体調はどうだ」

テーブル越しに訊《き》いてみる。ヴェルマは肩をすくめた。

「よく眠れたと言えば、嘘《うそ》になるわ」

目線で、サリアのいるベッドを指す。

「いいベッドを使わせてもらったのに、もったいないわね。でも、うとうとするたびに、ベッドが燃えてる夢を見るのよ」

「……まあ、部屋に突然火を投げ込まれたら、誰でもそんな夢を見るようにもなるだろうよ」

シャリースはうなずいた。

「誰があんなことをしたのか、心当たりはあるのか？」

椅子の背に体重を預け、腹の上に両手を組んで、ヴェルマは溜息《ためいき》を吐《つ》いた。

「どうかしら。ディザートじゃないと思うけど――でも、判らないわ。私が突《つ》っ撥《ぱ》ねたんで、見境をなくすほど腹を立てたのかもしれないわね。男って、ほんとに……」

続く言葉を呑《の》み込んで、彼女はシャリースへ、悪戯《いたずら》っぽい目配せを寄越した。シャリースは苦笑するしかない。

ヴェルマは言葉を継いだ。

「でなければ、彼の奥さん？　それとも、私に得意客を取られた、娼婦仲間の誰か？　そうでなければ、私に侮辱《ぶじょく》を受けたと思っている昔のお客？　こんな仕事をしていると、どこで誰の恨みを買ったとしても不思議じゃないわ」

顎《あご》を引き、そしてシャリースは、リリアの方にも顔を向けた。

「あんたはどうだ？」

サリアは不安げにかぶりを振った。

「見当も付かないわ。ディザートの奥さんかもしれないとも思うけど、でもディザートが、奥さんにわざわざ、よそに子供を作ったなんてことを言うかしら？」

言葉を切って、少女は少しばかり眉根《まゆね》を寄せた。

「――それに、私を殺したってしょうがないでしょう？」

シャリースはテーブルに片肘《かたひじ》をついて、少女の黒い瞳を見やった。

「実のところ、その辺は、検討の余地があるんじゃないかと思ってる。ちょっと詮索させてもらってもいいか?」

サリアは一瞬だけ唇《くちびる》を噛《か》みしめ、そしてうなずいた。

「いいわ。隠していることは何もないもの」

「あんたは、どこかの貴族の隠し子なんじゃないかと、うちの連中の何人かが言ってるが、当たってるか?」

サリアは目を見開いた。

「何でそんなことが判るの?」

驚いたふうだが、気を悪くした様子ではない。シャリースはにやりと笑ってみせた。

「うちの連中だって、育ちの悪いのばかりじゃないんだ。ま、殆《ほとん》どがそうだが、中には、貴族と関わりがある奴もいる。あんたは貴族の娘として育てられてるって話だが」

「――父の名前は、カンタスよ。知ってる?」

訊かれて、シャリースはざっと記憶を辿ってみた。

「いや。俺の知り合いじゃなさそうだ」

落ちかかって来た黒い髪を、サリアは片手で掻《か》き上《あ》げた。

「少なくとも、母はそう教えてくれたわ。でも、私は会ったことがないの。私はずっと、母と二人で、マラーで暮らして来た。母もエンレイズの貴族の出だったけど、家はもう、没落して、消えてしまったんですって。モウダーに住むようになったのは、きっと、知り合いの目を避けるためね。父からは、定期的に、母のところへ生活費が送られてきて、それで私たちは、社交界には出られなくても、何とか暮らしてこられたの。母からは、娘時代に味わった苦境を聞かされていたから、貴族社会で暮らしたいとも思わなかった。体面を保つために飢えるなんて、馬鹿馬鹿しいわ。私は家の近くに住んでた産婆《さんば》さんを手伝って、いずれはその仕事を引き継ぐ気でいたの。でも、母が病気になって――借金をしたのよ。医者代や、薬代や……私が少し働いたくらいでは、到底返せない額だった。母が死んだ後、私一人じゃどうしようもないと判ったから、父に初めて手紙を書いたの。母が死んだことと、お金が必要だということを知らせようと思って」

サリアは言葉を切った。視線が足元に落ちる。

「そうしたら、それ以後、お金は送られてこなくなった。もう一度手紙を書いたけど、梨《なし》のつぶてだった。死ぬまで面倒を見たんだから、母に対する義理は果したと、父は考えたんでしょうね。要するに、私は父に捨てられたのよ。だから、エマーラの店に行くことになったの」

彼女は小さく肩をすくめて、シャリースを見やった。

「私を殺しても、誰も得をしないと思うわ」

「……なるほどな」

シャリースは唇を引き結んだ。納得はしたが、事態は一歩も進んでいない。襲撃者は相変わらず正体不明のままで、その目的すらはっきりしない。つまり、手の打ちようがない。

だが、時間を無駄にしている余裕もない。

シャリースはヴェルマに向き直った。

「さて、朝飯がこなれた頃に出発しようと思ってたんだが、大丈夫か？」

金髪の妊婦は、力強くうなずいた。

「ええ。すぐに支度するわ」

その顔には、迷うことなど何もないと書いてある。

ベッドから立ち上がったサリアがてきぱきと荷作りを始め、シャリースも、腹を括《くく》るしかなくなった。

木々のまばらな林を左手に見ながら、彼らは、ヴェルマの生まれた村を目指した。

葉の落ちた林は寒々しい様相を呈していたが、ヴェルマの話によると、この辺りには様々な茸《きのこ》が生えるため、子供の頃には大きな籠《かご》を持たされて、一日がかりで茸を取りに来ていたという。

「子供ばっかり、十人以上でね」

彼女は楽しげに説明した。

「お弁当を持ってきて、皆で遊びながら茸を探すの。大人がいないから、自由を満喫できたわ。そこら中を走り回ったものよ。夕方には、全員くたくたになって家に帰るの」

行く手に不穏な土煙が見え始めたのは、ジーシャノウを出発して、一時間ほど歩いたときだった。

シャリースは目を眇《すが》めてそれを眺めた。ああした土煙の下では、大抵、大勢の人や馬が移動している。恐らく、軍隊だろう。だが、味方であれ、敵であれ、今は関わり合いになっている暇はない。とにかく、ヴェルマを無事に家まで送り届けることが先決だ。

シャリースは、土煙がどちらへ動いているのかを見極めようとした。同時に素早く視線を巡らせ、身を隠せる場所を探す。左手の林は、一人二人なら潜《もぐ》り込《こ》むことも出来るだろう。しかしバンダル全体が隠れようとすれば、どうしても跡を残してしまう。

「一度町に戻った方がいいかもな」

同じく、土煙を睨《にら》んでいるダルウィンが提案する。

「殺し合いが始まるとすりゃ、彼女たちは、町にいた方が安全だ」

シャリースはうなずいたが、実際のところは、悩んでいる時間はなかった。彼よりも目のいい傭兵の一人が、こちらへ接近してくる影を見つけたのだ。

「馬が来る！」

その声に、全員がそちらへ目を向けた。確かに、何かが近付いてくる。ヴェルマとサリアが身を縮めた。誰が近付いてくるにせよ、彼女たちの味方でないことは間違いない。

シャリースの目にも、騎馬の人物が見えた。一人きりだ。馬を駆ってこちらへ真っ直ぐに向かってくる男は、軍服を着ていた。その色は暗い。少なくとも、ガルヴォ正規軍の臙脂《えんじ》ではない。それを認めて、傭兵たちは肩の力を抜いた。いきなりの流血沙汰《ざた》は避けられそうだ。

騎馬の相手は、躊躇《ためら》うことなく、真っ直ぐに、バンダル・アード＝ケナードを目指してきた。

正規軍の、紺色の軍服を身に着けているのが、傭兵たちにも見て取れた。相手の方は最初から、彼らが何者であるかを心得ていたらしい。警戒する様子もなく彼らの前まで来ると、無造作に手綱を引いた。

「バンダル・アード＝ケナードだな」

中年の兵士が、彼らを睥睨《へいげい》しながら、ぶっきらぼうに確認する。横柄《おうへい》な口調だ。傭兵たちは無言のまま、馬上の兵士を見た。友好的とは言い難い空気が流れる。

しかし、子供の喧嘩《けんか》のように睨み合っていても仕方がない。シャリースは先頭に進み出た。

「そっちは何だ」

「レトリー司令官からの指令だ」

馬上の男は、きびきびと道の先を指した。

「我が軍の右翼につけ。ガルヴォ軍にあの橋を渡らせないために――」

「ちょっと待った」

片手を上げて、シャリースは、相手の口上を遮《さえぎ》った。

「俺たちはまだ、あんたらに雇われてるわけじゃねえぜ。それを都合よく忘れてもらっちゃ困る。レトリー司令官殿が何をお望みかは知らねえが、まず、金の話をさせてもらわねえとな。第一、こっちはまだ、別件の仕事の最中だ。それをほっぽり出すわけにはいかねえぜ」

「ガルヴォ軍は、すぐそこまで来てるんだ！　橋の向こうにな！」

兵士は怒鳴《どな》った。

「悠長《ゆうちょう》に金の話をしている時間など無い！　今すぐ戦闘準備にかからなければ、おまえらも死ぬことになるぞ！　犠牲者を出したくなかったら、協力しろ！」

言い捨てざま、馬首を返して駆け去っていく。これ以上、傭兵と議論するつもりはないらしい。

その後ろ姿を見送って、シャリースは溜息を吐いた。振り返って、部下たちの顔を見渡す。全員が、彼を見返している。

ヴェルマとサリアもまた、緊張した顔でシャリースを見つめていた。二人とも口を噤《つぐ》み、シャリースの決断を待っている。

耳を澄ますと、軍の動く音が聞こえる。大勢の足音、金属が触れ合う響き、そして、命令を怒鳴る声。今にも進軍の命令が下されそうだ。

「――追い詰められたな」

シャリースは認めた。

「ここにいるのを見られちまった以上、知らん顔して逃げ出すわけにもいかねえ」

「それに、あそこにはハヴィがいる」

ダルウィンが片手で、エンレイズ軍のいると思《おぼ》しき辺りを指す。

「あいつの顔をつぶすのは、心が痛むぜ」

何人かがうなずいた。ハヴィは傭兵たちにとって、話の判る貴重な指揮官の一人だった。それに、ハヴィは彼らの多くにとって友人なのだ。あの気立てのいい若者のためにも、戦況を悪化させるような真似はしたくない。

何より、これから正規軍と雇用関係を結ぶに当たって、ハヴィは、値段の交渉の際に必ず役に立ってくれるに違いない。

「――どのみち、橋を塞《ふさ》がれてるんじゃしょうがないわ」

ヴェルマが口を開いた。

「目的地は、川の向こうだもの」

シャリースはうなずいた。

「悪いな、お嬢さん方。だが、不運だったと諦《あきら》めてくれ」

そして彼は、マドゥ＝アリとタッドを呼んだ。

「おまえたちは、エルディルと一緒に、ヴェルマたちに付いてろ」

林の奥を指す。

「俺たちがガルヴォ軍の奴らを追い払うまで、あそこに隠れてろ。誰も、彼女たちに近付けるな。たとえ、味方でもな」

タッドを選んだのは、エンレイズ軍の兵士から、彼女たちを守るためだ。マドゥ＝アリとエルディルがついていれば、敵を殺すことは簡単だろう。だが、中には殺してはならぬ相手もいる。味方の軍の兵士だ。

マドゥ＝アリとエルディルには、エンレイズ兵を言葉で撃退することは出来ない。だが、タッドならば任せておけるだろう。タッドは、バンダル・アード＝ケナードではまだ新参の一人だが、傭兵としては申し分のない経験を積んでいる。年長で強面《こわもて》の彼がひと睨みすれば、誰であれ、強く出るのを躊躇うはずだ。

「長くは掛からねえだろうな？」

タッドが尋ねる。黒い髭《ひげ》に覆《おお》われたいかつい顔には、気遣《きづか》わしげな色が滲《にじ》んでいた。彼は、以前に所属していたバンダルを戦闘で失っている。同じことが繰り返されるのを恐れているのだ。

シャリースは肩をすくめた。

「一日がかりってことはないだろう」

漠然《ばくぜん》と橋の方に目をやりながら、顎を撫《な》でる。

「多分な――そう願うぜ。日が落ちる前に、ここで落ち合うことにしよう。戦況がどうなるかは判らねえが、とにかく、誰かを使いに出す。生きていたらな」

「もし、あなたたちが全員、あそこで死んでしまったら」

ヴェルマは、両手を胸の前で握り締めていた。

「私たちだけで行くしかないのね？」

金髪の妊婦の隣には、サリアがぴたりと張り付いている。彼女たちも、戦争がどんなものかを知っている。戦っているのはエンレイズとガルヴォだが、戦いは、彼女たちの鼻先《はなさき》で行われているのだ。

気休めを言うのは馬鹿げている。シャリースは、首に掛かっている財布を指してみせた。

「そのときには、俺たちの死体から、五十オウル剝《は》ぎ取って行ってくれ」

ヴェルマは、小さな笑みを作った。

「……判ったわ」

「マドゥ＝アリ」

シャリースは、黙りこくったままの男へ顔を向けた。緑色の瞳が、真っ直ぐに彼を見ていた。

「彼女たちを守れ。頼んだぜ」

マドゥ＝アリはうなずいた。だが、その目に浮かんだ不安は、隠しようもなかった。


川の向こう岸に、ガルヴァ正規軍の臙脂の軍服が居並んでいるのが見える。

川幅は広い。矢の届かぬ距離ではないが、相手が後退すれば、それで役に立たなくなる。両者が相見《あいまみ》えるとすれば、それは、川に掛かる橋の上であるはずだった。荷車が一台、やっと通れる程の幅の橋は、しかし、戦場としてはあまりにも狭い。

本当にここで戦うのかと、シャリースは内心で訝《いぶか》った。両軍どちらにとっても、この場所で出来ることは限られている。いっそ、橋に火をつけてやった方が、話が早いというものだ。

バンダル・アード＝ケナードは、指示された通り、正規軍の右翼に就いた。紺色の軍服を着た兵士たちは、黒衣の傭兵たちを喜んで迎え入れた。正規軍の兵よりも多額の金を受け取る傭兵たちは、普通、彼らにあまり好かれてはいない。だが、敵の姿が目の前にあるときは、話は別だ。味方は多い方がいいのだ。

しかし、バンダル・アード＝ケナードは、ここで何が起こっているのかを把握していない。自分たちの仕事を確認すべく、シャリースはこの隊の指揮官を捜した。だが、それらしい人物は、近くに見当たらない。

シャリースは、緊張した面持ちで対岸を見つめている、若い兵士に声を掛けた。

「ここの指揮官は誰だ」

兵士は長身の傭兵隊長に顔を向け、目を瞬《しばたた》いた。

「え？」

敵にばかり気を取られていて、シャリースが横にいることにも気付いていなかったらしい。シャリースは兵士の肩を叩いた。

「しっかりしろ。向こう岸にいる限り、あいつらはおまえを殺せない。ここを指揮してるのは誰だ？上官の名前は？」

臙脂色の軍服が、ざわざわと蠢《うごめ》いているのが、彼らのいる場所からも見て取れる。落ち着かない様子でそちらを窺《うかが》いながらも、兵士はようやく口を開いた。

「ディザート殿です」

「……！」

バンダル・アード＝ケナードの面々が、一斉に息を呑む。


その反応に、答えた兵士のほうが驚いた顔になった。

「……どうかしましたか？」

「――ディザートか……」

噛みしめるように、シャリースは繰り返した。咄《とっ》嗟《さ》には受け入れがたい事実だ。自分たちは知らぬ間に、最も避けるべき相手の近くへ、ヴェルマを連れてきてしまったのだ。

「……おいおい、まずいぜ」

ダルウィンが口の中で呟《つぶや》く。平静を保とうと努めてはいたが、腹の中では、シャリースも同感だった。悪態を吐きたくなるのを、辛《かろ》うじてこらえる。

傭兵たちの様子がおかしくなったことで、正規軍の兵士たちからもざわめきが起こった。数人がきょろきょろし始めたのは、ディザートその人を捜しているのだろう。

「奴はどこだ」

シャリースの問いかけに、しかし、答える者はいない。シャリースは先刻の若い兵士を、真っ向から見下ろした。

「ディザートはどこにいる?」

相手は、途方に暮れたように周囲を見回した。側《そば》にいた者たちも、同じように紺色の軍服の群れを見やる。だが誰も、ディザートを見つけ出せなかったようだ。

「——ここにはいません」

兵士が答えた次の瞬間、兵士たちの後ろから、騎馬の男が声を張り上げた。

「敵が動くぞ!」

全員が、対岸に視線を向けた。

ガルヴォ軍は、川下へ向かって進み始めていた。急な命令が下った様子もない。整然とした動きだ。誰も、橋を渡ろうとしていない。

そして、こちらから向こう岸に渡って、敵の大軍に襲いかかろうという、無謀な者もいない。

シャリースは、誰かが命令を下すのを待った。彼は、この場では何の権限も持っていない。敵を追うなり、橋を守るなり、何らかの指示がなければ、動くこともできない。

しかし、命令は下されず、彼らはただ、その場に立ち尽くしたまま、ガルヴォ軍が視界から消えるのを見送っていた。


誰かが近付いてくる。

エルディルはそちらに集中している。マドゥ＝アリは、エルディルを見つめている。まだ、剣に手は掛かっていない。

タッドは、この白い狼が少しばかり苦手だった。長く鋭い牙を持つ大きな獣《けもの》がうろついていると、落ち着かないのだ。狼どころか、飼い慣らされたただの犬にすら、出来れば近寄りたくない。そんなタッドを、エルディルは高慢な貴族のように無視し続けている。エルディルにとって、タッドは、群れの新参者にすぎず、わざわざ匂いを嗅《か》いでやるほどの価値もないのだろう。

　しかしタッドも、彼女がバンダル・アード＝ケナードの最も優秀な構成員だということは認めざるを得ない。敵を探り出すという一点において、彼女の能力は、人間たちをはるかに上回っていた。彼女の側にいれば、大抵の危険は、事前に察知することが出来るのだ。

　人間たちの耳にも、近付いてくる何者かの足音が聞こえ始めていた。ヴェルマとサリアは、タッドが見つけてやった大きな切り株に腰を下ろして、足音に耳を傾けている。見たところ、不必要に怯《おび》えてはいない。足音は一人か、せいぜい二人だ。

　木々の間から姿を現したのは、紺色の軍服を身に着けた男だった。

　平服の男を従えている。こちらは、兵士ではないようだった。少なくとも、剣は携《たずさ》えていない。警戒の眼差《まなざ》しで傭兵たちを窺いながら、兵士の背中に隠れるようにしてついてくる。

　マドゥ＝アリが、エルディルの背中に手を置いた。彼が命じない限り、正規軍の兵士とその連れが、狼に殺されることはない。

　林の中で、白い狼と武装した二人の傭兵に遭遇《そうぐう》した正規軍の兵士は、奇妙なことに、その顔に安堵《あんど》の表情を浮かべた。

「ヴェルマ」

　呼ばれたヴェルマは目を眇め、次の瞬間、よろめきながら立ち上がった。

「あっちへ行ってよ！」

　鋭く浴びせられた怒りの声に、タッドは、兵士の正体を悟った。ヴェルマが目くじらを立てる相手と言えば、思い当たる人物は一人しかいない。

　なおも数歩近付いてきた正規軍の男を、タッドは片手を上げて押し留めた。

「おっと、それ以上近付くんじゃねえぜ」

　いかつい髭面の傭兵に凄《すご》まれて、ディザートは足を止めた。タッドは相手の正面に立ちはだかった。

「俺はこのご婦人方の警護中だ。誰も側に寄せ付けるなって命令を受けてる。例外はなしだ。軍服を着てるからって、容赦はしないぜ」

その後ろで、サリアは妊婦に手を貸そうと寄り添っている。

「……この男なの？」

少女の問いに、ヴェルマは唇を引き結んだ。

「そうよ。こいつがディザートよ。私の赤ちゃんを奪おうとしている奴」

それから彼女は、平服の男へも、鋭い一瞥《いちべつ》を投げかけた。

「そっちの男の顔も、覚えてるわ。マラーから私たちをつけてきたわね」

「――なるほど、その話なら聞いてるぜ」

タッドはうなずいた。

「俺たちのすぐ側で野営《やえい》をした、物好きがいるってな。早々に出発しちまったようだが、その後でお仲間を集めて、ジーシャノウでは彼女たちを焼き殺そうとしたのか？　その軍人さんの命令で？」

ディザートは面食らった顔で、連れの男を振り返った。

「何だと？」

「俺は知りません！」

男が慌ててかぶりを振る。

「監視するってえのが仕事なのに、殺してどうするんですか！」

タッドは肩越しにヴェルマを振り返った。ヴェルマは眉を寄せている。判断に迷っている顔だ。

「ヴェルマ、聞いてくれ」

ディザートが一歩踏み出し、エルディルが牙を剝《む》き出《だ》した。マドゥ＝アリはじっと、ディザートの動きを観察している。ディザートが下手《へた》な考えを起こせば、次の瞬間には、マドゥ＝アリが彼を殺すだろう。ディザートには、何が起こったのかを知る暇もないはずだ。

　ディザートが無為に命を落とす前に、タッドは、自分の剣に手を掛けた。

「言ったはずだぜ……」

「判った。これ以上近付かない」

　ディザートは数歩後退した。片手でヴェルマを指し、懇願《こんがん》する。

「だが、話だけはさせてくれ、頼む」

　ディザートを真っ向から見据《みす》えたまま、タッドはヴェルマに問いかけた。

「どうする？　あんたの問題だ、ヴェルマ。あんたが決めていいぜ」

「話したって無駄よ」

　ヴェルマの答えは手厳しい。

「私の気に入ることを言うとは思えないわ」

「どうすれば気に入るんだ」

　ディザートは食い下がる。

「それを教えてくれ。マラーに家を買ってもいい。それとも、他の静かな場所でも。生活に不自由はさせない。ただ私は、自分の子供をこの手に抱いて、育てたいだけだ」

「あんたに子供はいないのよ」

　金髪の娼婦はそう言い放った。

「このお腹にいるのは私と、私の夫の子供。お金を積めば何でも思い通りになると思っている、自惚《うぬぼ》れ屋《や》のエンレイズ人なんかには、絶対に渡さないわ」

　横面を張られたように、ディザートは顔を傾けた。ヴェルマの言葉に愕然《がくぜん》としている。

「……おまえには夫などいないはずだ」

「お生憎様《あいにくさま》」

　ヴェルマは肩をすくめた。

「あんたは私のことを何も知らないのよ」

　白い狼が頭を上げた。

　マドゥ＝アリが、ディザートの方へ歩み寄る。顔に刺青《いれずみ》の施《ほどこ》された異国の男の接近に、ディザートとその連れは怯んだ。だが、マドゥ＝アリの緑色の瞳は、彼らを映してはいない。

「誰かが来る」

淡々と告げられた一言に、その場にいた全員が、彼の視線を追った。

木々の間に、金属のきらめきが走った。

タッドは剣を抜いた。彼の目は、既に数人の男の姿を捉えていた。いずれも武装しており、こちらに向かって走ってくる。

マドゥ＝アリは、それを待ち受けている。剣の柄《つか》に手を掛け、独特な形に湾曲した剣を鞘《さや》から抜く。

女たちとバンダルの仲間が襲撃された事件が、タッドの脳裏に閃《ひらめ》いた。罠《わな》に嵌《は》められたのだと、彼は思った。立ち尽くすディザートの横顔を睨み据える。

「てめえの手下か！」

タッドは吐き捨てた。

「のらくら時間を稼《かせ》いで、あいつらが来るまで俺たちをここに引き止めてたのかよ！」

「違う！」

喚《わめ》き返しながら、ディザートも自分の剣を抜いた。


平服の男は逃げ場を探して辺りを見回したが、一人で逃げるのと、手練《てだれ》の傭兵の側に留まるのとどちらが安全か、計りかねているらしい。

サリアは、荷物の中から短剣を取り出していた。鞘を払う。少女の持つ鋭い刃に、ヴェルマはうろたえた。

「サリア……」

「下がってて、ヴェルマ」

黒髪の少女は、厳しく言い渡した。

「あなたを守ると、私はエマーラに約束したのよ」

敵は、声もなく彼らに襲いかかってきた。


すべてのガルヴァ軍兵士が視界から姿を消したが、エンレイズ軍の方は、その場に留まることになった。ガルヴァの援軍が北からこちらに向かっているという情報がもたらされている以上、このまま北上するのは危険だと、司令官が考えたのだ。現在は、マラーやその近郊に駐留している友軍と、連絡を取り合っている状況である。

　バンダル・アード＝ケナードも、正規軍の判断に従った。ガルヴァ軍の思惑については、シャリースには危惧《きぐ》もあった。まるで自分たちの陣容を見せつけるかのようなガルヴァ軍の動きには、何か、得体の知れないところがある。

　だが、彼らにも、斥候《せっこう》を出して状況を調べている余裕はない。

　正規軍が止まっている間に、シャリースは、チェイスとライルの二人を、女たちの迎えに出した。落ち合うはずの時間には少し早かったが、身重のヴェルマを連れて、タッドやマドゥ＝アリが、そう遠くまで行くはずはない。すぐに見つけ出せるだろう。少なくとも、シャリースはそう思った。

　川縁《かわべり》に留まったエンレイズ軍は、少しばかり混乱していた。どうやら対岸に敵を発見したとき、一部の指揮官が浮足立って、隊の並びに乱れが生じたらしい。いるべき者がいるべき場所にいないと、伝令が走り回っている。

　バンダル・アード＝ケナードは、その混乱からあえて距離を置いていた。

　存在を主張すれば、シャリースは司令官に出頭を命じられるかもしれない。今はまだ雇用契約を結んでいないと、命令を突っ撥ねることは出来るが、それよりも、いない振りをしていた方が簡単だ。女たちが合流したら、そのままここを離れるつもりだった。予定より遅れはしたが、うまくすれば、今日中に、ヴェルマを家へ送り届けられるかもしれない。

　しかし、一時間ほど経ってから、ライルが一人で戻って来た。

「会えなかったんですよ」

　彼はそう、シャリースに報告した。

「まあ、どこかにいい隠れ家を見つけたのかもしれませんけどね。チェイスが残ってます。とにかく日暮れの頃には、あそこに誰かいないとまずいんで」

「――判った」

うなずきはしたものの、シャリースは、胸に嫌な予感が萌《きざ》すのを感じた。

「十人ばかり連れて、捜しに行ってくれ。早いところ見つけて、とっとと出発したいからな」

「はい！」

ライルが手近なところにいた仲間を掻き集めて、再び林へと向かう。それを見送って、シャリースは、正規軍の群れへ視線を投げた。

「……ディザートがどこにいるのかを、知っといたほうがよさそうだな」

傍《かたわ》らにいたダルウィンに言うと、小柄《こがら》な彼の幼《おさな》馴染《なじみ》は、難しげに眉を寄せた。

「いっそ奴を川にでも突き落としちまえば、話が早いと思わねえか？」

「やるときは、姿を見られないようにしてくれ」

シャリースは唇の端を上げた。

「傭兵が正規軍の指揮官を殺したとなると、評判に響くからな」

馬鹿にしたように鼻を鳴らして、ダルウィンは仲間たちから離れた。何気ない足取りで、正規軍兵士たちの間へ入っていく。ダルウィンならば、さしたる苦労もなく、ディザートの居場所を探り出せるだろう。初対面の相手から情報を聞き出すのに、彼以上の適役はいない。

ディザートを首尾よく川に突き落として、問題を一気に解決できるかどうかは、また別の話だが。

事態が悪い方へ進んでいるのだと彼らが確信したのは、日暮れの時刻を迎えた頃だった。

まず、ダルウィンが戻って来た。その冴《さ》えない表情に、答えを聞く前から、シャリースは、腹の中に重い石でも詰め込まれたような気分になった。

「……どうだった」

「ディザートの野郎は、ここにいない」

ダルウィンは、結論を簡潔にまとめてみせた。

「ガルヴォ軍と睨み合いになる前から、どうやら姿を晦《くら》ましてたらしい。見てた奴の話によると、小休止してたときに平服の男がやってきて、ディザートに何やら話してたそうだ。ディザートはその男と一緒にどこかへ出掛けて——戻っていない」

「……マラーから、俺たちをつけてきたのがいたな」

　シャリースの推測に、ダルウィンもうなずく。

「ああ。そいつが最有力候補だな。だが少なくとも、ディザートは、正規軍の部下を連れて行ってはいない。マドゥ＝アリとタッドがいれば、あしらえるだろう」

「別口で、人を雇っていなければな」

　傍らで聞いていたメイスレイが、穏やかに口を挟む。

「彼女たちを焼き殺そうとした奴らの正体は、まだ割れていない」

　シャリースは空《くう》を睨んだ。

「ディザートが殺し屋を雇った可能性については、ヴェルマも否定しなかったがな……」

「隊長」

　近くにいた部下に呼ばれて、シャリースは振り返った。

「チェイスが戻ってきた」

　チェイスは一人きりで、へとへとに疲れている様子だった。どうやら、ここまで走って来たらしい。彼は真っ直ぐにシャリースのところへやって来た。

「彼女たちは……居所が判りません……」

　肩で息をしながら、言葉を押し出す。

「まだ、捜してますけど……でも……」

　続く言葉を飲み込んで、チェイスは怖々《こわごわ》と、シャリースの顔を窺った。聞いていた傭兵たちの間からざわめきが漏《も》れる。

　もう、日が暮れる。この時間になっても彼女たちが姿を現さないということは——。

「こりゃ、何かあったな」

　ダルウィンの呟きに、シャリースは半ば自棄《やけ》になった気分で片頰《かたほお》を吊り上げた。

「名推理だ。それだけは間違いない」

そのとき、一人の正規軍兵士が、彼らの方に近付いてきた。

「レトリー司令官がお呼びだ」

彼は黒衣の傭兵たちを見渡して、そう呼ばわった。

「ここの隊長は誰だ」

シャリースは小さく舌打ちした。幼馴染に顔を向ける。

「俺は、ちょっと金の話をしてくる。その間に、その辺りをもう少し捜してみてくれ。頼むぜ」

「判った」

ダルウィンはちらりと、司令官がいると思しき辺りへと目をやった。

「だがこうなった以上、値を吊り上げてやってもいいんじゃねえか？　ディザートの野郎が不始末をやらかしたせいで、俺たちは苦境に陥《おちい》ってるんだからな――あのご婦人方は言うまでもなく」

シャリースはうなずいた。

「向こうが、聞く耳を持ってりゃいいがな」

不安に後ろ髪を引かれる思いで、シャリースは仲間たちの元を離れた。

兵士たちの殆どは、地面に座り込んで夕食の支度に取りかかろうとしている。誰もが疲れた顔だった。ガルヴォ軍との息詰まる対面の後で、気が抜けてしまっているようだ。他の部隊と連絡が取れたとしても、行軍開始は明朝以降になるだろう。

だが、肝心なのは、味方よりも、ガルヴォ軍の動きだ。そして女たちと二人の部下の行方だ。この両者を把握出来なければ、バンダル・アード＝ケナードは動けない。

「シャリース！」

ざっと百人ほどの兵士たちの間を抜けたところで、一人の若者が、長身の傭兵隊長の姿を認めて足早に寄って来た。覚えのある声に、シャリースは驚いて顔を上げた。

ハヴィだ。

「来てくれてよかった」

嬉しげな笑顔を向けられ、シャリースもつられて笑みを返した。不意を衝《つ》かれたが、考えてみれば、ハヴィがここにいるのは不思議なことではない。彼は、レトリー司令官の副官なのだ。

「よう、ハヴィ、元気か」

「うん……ああ、僕が連れて行くから」

ハヴィは案内の兵士を追い払った。シャリースと並んで歩き出す。

「……ゼーリックのこと聞いたよ――戦死したって」

彼はまずそれを口にした。

「残念だったな」

「ああ、まったくな」

シャリースはうなずいた。

「――だが、本人は、そこそこ満足そうだったよ。引退して、ただ何もせずにのんびり暮らすことには、耐えられなかったらしい」

ハヴィは意外そうに目を瞠《みは》った。

「しょっちゅう、もう引退するって言ってたのに」

「あれは、今思うに、面倒事を俺に押し付ける口実だったんだな」

唇を歪《ゆが》めてみせて、シャリースは話題を切り替えた。

「おまえ、ディザートって奴を知ってるか」

唐突な問いに、ハヴィが困惑した顔になる。

「知ってる」

答えて、そして少しばかり考え込む。

「だけど、今はどこにいるのか判らない。さっき聞いたんだ、いなくなってるって」

「それなんだ」

その情報がハヴィの耳にも入ったのは、ダルウィンが突《つつ》き回したお陰かもしれない。この際突けるだけ突くべきだろう。

「奴は、俺たちの連れに手を出したかもしれねえ」

「連れって？」

「これが、若い女二人でな。どっちも美人だ」

「冗談だろう」

即座に、ハヴィは断じた。にこりともしない。シャリースは苦笑した。

「生意気な口を叩くようになったな、ハヴィ。嬉しいぜ」

そして、真面目な顔を作る。

「だがこれは、冗談じゃないんだ。女の一人は妊娠してて、ディザートは、自分が腹の子の父親だと言い張ってる」

「……え？」

ハヴィの足が止まった。ぽかんとして、シャリースを見上げる。シャリースは顎で、貴族の若者を促《うなが》した。

「司令官のところで説明してやる。行こうぜ」


急いで張られたらしい、少々傾いた天幕の中で、シャリースは、レトリー司令官と面会した。

司令官は座ったまま、傭兵隊長を迎えた。折りたたみ式のテーブルには錫《すず》のカップがあったが、中身は水だ。

シャリースとハヴィにも椅子が提供された。

「少しばかりまずいことになってる」

シャリースは真面目な顔で、そう口を切った。

「あんたにとっても、俺たちにとってもな」

レトリーは鷹揚《おうよう》な笑みを浮かべた。

「そのようだ。とにかく、友軍と合流できないことには……」

かぶりを振って、シャリースはそれを遮った。

「そっちも問題だが、あんたの知らない問題がある」

それまでの事情を、彼はかいつまんで説明した。ディザートが間違いなく、ヴェルマの子供の父親であるという点については、真実を誤魔化した。事をこれ以上こじらせるのは得策ではない。レトリーには、部下の不始末の責任について、じっくりと考えてもらわねばならないのだ。

話が進むうちに、司令官の顔に、苦い色が広がる。

「では——」

傭兵隊長の話が途切れたところで、レトリーは口を開いた。

「ディザートは、脱走兵として扱うべきだと、おまえは主張するのだな」

「状況からすると、そのほうが良さそうだと思うね」

シャリースはうなずいた。

「部下がモウダー人の女を殺した、なんて事態になる前に、抑え込んでおくのがあんたの務めってやつだろう」

「だが、現在の状況を考えるに、ディザート一人を捜すために人手を割くことは出来ない」

テーブルの上に、シャリースは掌《てのひら》を叩きつけた。

「そうとなりゃ、こっちも、腰据えて戦うことは出来ねえな。何しろ、前の仕事が終わってねえんだから。部下も二人、行方不明のままだ」

小さなテーブル越しに、レトリーとシャリースは睨み合った。ハヴィは声を出さなかった。息も止まりそうな顔で、二人を見比べている。

そのとき、天幕の入口に、黒い人影が立った。垂《た》れ幕《まく》を引き上げて入って来たのは、濃緑色のマントをつけた黒衣の傭兵である。

「隊長」

低く呼んだ声は、アランデイルだった。天幕の外には見張りが立っていたはずだが、侵入者を止める声は上がっていない。一介の傭兵に過ぎないにも関わらず、司令官の天幕にまで入り込み、見張りの兵士にまで、それを当然と思わせてしまうのは、アランデイルくらいだろう。恐らくそれが故《ゆえ》に、仲間から伝令役を任されたのだ。

シャリースは振り返らなかった。

「今忙しいんだよ」

「緊急事態です」

押し殺した声で、アランデイルは言った。ようやく、シャリースは、肩越しに部下を見やった。既に天幕の中は大分暗くなっていたが、アランデイルの目に切羽詰まった光があるのは見て取れる。レトリーとハヴィも、凍《こお》りついたようにアランデイルを凝視《ぎょうし》していた。

シャリースは部下に向き直った。最悪の事態が頭を掠《かす》める。

「見つかったのか」

「いえ——」

アランデイルは言い淀《よど》んだ。レトリーとハヴィへ、ちらりと視線を向ける。

「しかし、ハヴィに来てもらった方がいいと思います」

シャリースはハヴィを見やった。困惑した表情ながら、ハヴィは、呑まれたようにうなずいた。


傭兵たちが集まっている場所の中心に、四つの死体が転がっていた。

部下たちが掲げる松明《たいまつ》の火で、シャリースはそれを確認した。全員男で、そして全て、知らぬ顔だ。

だが、一人は、紺色の軍服を着ている。

ハヴィが、その上に屈《かが》み込んだ。死体の肩を摑《つか》み、うつ伏せだった身体を仰向けに転がす。

「ディザートだ」

じっくりと死体の顔を観察して、ハヴィはそう証言した。

「胸と腹に傷があるな」

ディザートの死体は、血の付いた剣を握っていた。彼が誰に殺されたにせよ、それなりの抵抗をしたことは、その血の量で明らかだ。

そして、普通は懐《ふところ》にあるはずの財布が消えている。ダルウィンがそれを確かめた。つまり、物盗り

の仕業だという可能性がある。

シャリースは、別の死体を調べていた。上を向いてのけぞったままの死体は、首の辺りが大きく抉《えぐ》り取られている。胸の悪くなるような有様だったが、傭兵たちは、その傷跡の形をよく知っていた。

「……こいつは多分、エルディルの仕業だな」

シャリースの呟きに、周りの者たちも同意する。狼の大きな顎が、男の喉《のど》を嚙み破ったのだ。

さらに別の死体を、ライルが爪先《つまさき》で突いた。

「だったら、こっちはマドゥ＝アリじゃないですかね」

炎に照らされたその死体は、頸動脈《けいどうみゃく》を一刀で切り開かれている。死体の顔には、呆気《あっけ》に取られたような表情が貼り付いたままだった。己の身に何が起こったのか、最期の瞬間まで判らなかったのかもしれない。

最後の死体は、胴や腕に幾つもの傷を負っていた。もしかしたら、この男を殺したのはディザートかもしれなかったが、真相は判らない。

そして、女たちや、その護衛についていた傭兵たちの姿はどこにもない。

「……この騒ぎの中にマドゥ＝アリやエルディルがいたとして――」

シャリースは、闇に沈みつつある周囲を、空《むな》しく見回した。

「あいつらは一体、どこに行った？」

しかし、その問いに答えられる者はいない。ただ、互いに顔を見合わせるばかりだ。

「ここに死体が無い以上、無事だってのは確かでしょうが」

アランデイルが思案げに口を挟んだ。

「もしディザートを殺したのがタッドだったら、正規軍との関係がこじれますね」

シャリースはじろりと、若い金髪の部下を睨んだ。

「ここに一人、正規軍の人間がいるのを、忘れたとは言わせねえぞ、アランデイル。おまえが連れて来たんだからな」

「誰かが、この死体の顔を確認しないと始まらないでしょう」

アランデイルの方は、平然と言ってのける。

「ハヴィなら、同じ部隊にいた仲間を見分けられて、しかも、バンダル・アード＝ケナードの味方をしてくれる。いい人選だったと思いますけどね」

「……もちろん、ディザートが死んだことは報告しなくちゃならない」

仲間の死体を見下ろしながら、ハヴィがゆっくりと言った。

「だけど、殺したのがバンダル・アード＝ケナードの誰かだったと言うつもりも、仄《ほの》めかすつもりもないよ。証拠は何もない。ここに転がっている誰かがディザートを殺して、それを、傭兵たちが倒したのかもしれない」

それ見たことかと言わんばかりに、アランデイルが片眉を上げる。

チェイスが、漠然と川の方角を指した。

「じゃあ、マドゥ＝アリたちは、ヴェルマの村に行ったとか？」

「……まさか」

反射的に、シャリースはそう返していた。タッドは、勝手に行動を起こすような男ではない。ここから移動しなければならないとなれば、まず仲間たちのところに戻ろうとするはずだ。マドゥ＝アリについては、考えるまでもない。彼は、シャリースの指示にあくまでも忠実に従おうとするだろう。ヴェルマやサリアが暴力と死体に怖気《おじけ》づいたとしても、マドゥ＝アリは頓着《とんちゃく》しないに違いない。

しかし、彼らはどこかへ行ってしまった。

仮に、襲撃を受けたのだとしても、襲撃者はここでこと切れている。拉致《らち》された可能性もないわけではないが、マドゥ＝アリとエルディルを巻き込んだのならば、死体の数は、これだけでは済まないはずだ。

黙り込んだシャリースの顔を、ハヴィが遠慮がちに覗き込んだ。

「どうする、シャリース。捜しに行くのか?」

訊かれて、シャリースは逡巡《しゅんじゅん》した。

「――今夜はもう無理だ」

夜の闇を透かし見ながら答える。

だが、明日になれば、恐らくガルヴォ軍と相対することになる。ガルヴォ軍は、虎視眈々《こしたんたん》と、川のこちら側に渡る機会を窺っているはずだった。先刻、あれだけ間近に迫ったのだ。明日一日、こちらにのんびりと陣容を整える猶予《ゆうよ》を与えてくれるとは、考えられない。

だとすれば、今まさに、ガルヴォの大軍がこちらへ迫ってきている可能性が高い。そしてもしそうならば、バンダル・アード＝ケナードだけでは、到底太刀打《たちう》ちできない事態に陥ることになる。

「……仕方ねえな」

シャリースは乱暴に髪を掻き上げた。貴族の若者を見下ろす。

「おまえに付き合うぜ、ハヴィ。だが、俺たちの最優先事項は、ヴェルマを村に送り届けることだ。こと次第によっちゃあ、途中で抜けることになる。いいな?」

「判った」

ハヴィはうなずいた。

5

　エンレイズ軍の野営地《やえいち》では、兵士たちの焚《た》く火が、川縁《かわべり》を赤く彩っていた。

　バンダル・アード＝ケナードも、その端に加わった。既に夜の帳《とばり》が下りている。気温が下がり、彼らの吐く息は白く煙った。だが、凍るような寒さの中でも、大勢の味方が側《そば》にいると、幾らかはましな気分になるものだ。特に、敵の大軍が近くにいるかもしれぬ場合には。

　シャリースはハヴィと共に、再びレトリー司令官の元に向かった。

　ディザートが死んだことを伝え、改めて、雇用条件を話し合うためだ。だが、こうなった以上、レトリーが気を変えるかもしれないという、覚悟はしていた。何しろ、部下の一人が惨殺《ざんさつ》され、バンダル・アード＝ケナードの傭兵《ようへい》が容疑者だ。

　シャリースはもちろん、自分の部下の潔白を主張するつもりだが、ディザートが死んだいきさつについては、今のところ推測するしかない。状況から、強盗に襲われたのだと言い張ることもできる。ディザートの傷の具合から察するに、少なくとも、手を下したのは、エルディルやマドゥ＝アリではない。彼らなら、もっと手際よく殺していたはずだ。

だが、タッドだという可能性が、無いわけではない。もしディザートが、ヴェルマに危害を加える心積もりで近付いたのならば、タッドがそれを阻止《そし》したとしても不思議ではない。

「はっ、見ろよ」

ある焚火《たきび》の側を通り過ぎたところで、嘲笑を含んだ声が聞こえた。

「若様に子守りがついてるぜ」

シャリースはそちらを見やった。明らかにそれは、ハヴィと自分に向けられたものだ。兵士は地べたに座って火に顔を照らされながら、臆面《おくめん》もなくシャリースを見返してきた。髭《ひげ》に覆《おお》われた角ばった顔つきの男だ。いかにも百戦錬磨の兵《つわもの》という風情である。

事情は、簡単に察せられた。よくあることだ。ハヴィのような、貴族出身の若い指揮官は、ああした兵士には嫌われるのだ。

「あいつをしっかり睨《にら》んどけ」

横を歩く若者に、シャリースは囁《ささや》いた。

「おまえにはちゃんと耳があるってことを、周りの奴らにも見せつけておくんだ」

ハヴィは足を止め、オレフを見据《みす》えた。シャリースはその様子を、後ろから眺めた。オレフは鼻《はな》を鳴らして目を逸《そ》らしたが、恐れ入った様子など微塵《みじん》も見せない。

ハヴィは周囲を見回し、それ以上口をきく者がいないのを確認してから、再び歩き始めた。背後でぶつくさ言う声がしたが、それは無視した。シャリースは若者の横に並んだ。

「なるほど、舐《な》められてるわけだな」

「……」

ハヴィは唇《くちびる》を引き結んでいる。生真面目なその表情に、暗い影が出来ていた。シャリースはハヴィの肩を叩いた。

「まあ、仕方ないだろうよ。おまえはまだ若いからな」

ハヴィが横目で、傭兵隊長を見やる。

「あんただって、隊長になったときは、今よりもっと若かっただろう」

少しばかり拗《す》ねたような口調に、シャリースは小さく笑った。

「ああ、あの頃は俺も、そりゃもう舐められたもんさ。何しろ自分でも、何で隊長にさせられちまったのか、訳が判らなかったしな。今でも、初対面の相手にはよく馬鹿にされるぜ。エンレイズの傭兵隊長としては、多分、俺が一番ひよっ子だからな」

そして彼は、小さく肩をすくめた。

「だが、俺にはゼーリックがついてた。ゼーリックが味方してくれれば、大抵うまく行ったんだよ」

ハヴィはうなずいた。それは、判る気がした。シャリースは誰の力を借りずとも、苦難を切り抜ける策を編み出すことが出来る。だが、それを周囲に信用させるためには、あの落ち着いた年長の男の支持が重要だったのだ。

「肝心なことはな、ハヴィ」

シャリースは続けた。

「舐められたまま放っておくなってことだ。おまえは賢い。相手の度肝《どぎも》を抜いてやれ」

「……どうやって？」

問われて、シャリースは苦笑した。

「俺がそれを考えたんじゃ、意味がないんだ、ハヴィ。俺がいつも側に張り付いてるわけにはいかないんだからな」

ハヴィは悄然《しょうぜん》と溜息《ためいき》を吐《つ》いた。

「――そうだな」

「一番手強《てごわ》い奴を味方につければ、それでおまえの勝ちだ」

「……」

ハヴィはもう、どうやって、とは訊《き》かなかった。

二人は、レトリー司令官の天幕に向かった。

ちょうど、兵士の一人が出て行くところだった。

様子からして、別の部隊から派遣《はけん》された伝令らしい。

疲れた顔で、ハヴィやシャリースには目もくれずに、天幕から立ち去っていく。

その後に続いて、レトリーの副官の一人が出てきた。無愛想な目つきでハヴィとシャリースを一瞥《いちべつ》する。

「カベル殿」

ハヴィがその男を呼び止めた。

「何か知らせが……？」

相手は顎《あご》で、天幕を指した。

「自分で聞くがいいさ」

つっけんどんに応じる。どうやら、喜ばしい知らせではなかったらしい。

それは、天幕の中に入り、テーブルの向こうに座るレトリーの、渋い表情を見ても察せられた。

「……座れ」

レトリーに言われて、二人は先刻と同じ位置に腰を下ろした。司令官は僅《わず》かに身を乗り出した。

「さっき、緊急事態だと言っていたな」

「ディザートの死体を見つけました」

ハヴィが報告する。

「何者かと争って、殺されたようです。他に、身元不明の男の死体が三つありました」

レトリーはゆっくりと頭を巡らせて、傭兵隊長を見やった。

「……どういうことだ？」

シャリースは、唇の端を上げてみせた。

「つまりあんたは、もう、ディザートの捜索に人手を割かなくていいってことだ。手間が省《はぶ》けたな」

「私が言っているのは……」

苛立ちを見せた司令官を、シャリースは片手で押し留めた。

「あんたの言いたいことは判ってる。誰が、何のためにディザートを殺したのか知りたいというんだろう。だが生憎《あいにく》、それはこっちにも判らねえ。俺の部下が、あっちの林の中で死体を見つけた。それだけだ」

レトリーは、少しばかり肩の力を抜いた。

「……さっき言っていた、モウダー人の女は……？」

「そっちも判らねえ」

シャリースは両手を広げてみせた。

「だが彼女たちには、腕のいい部下がついてるから、心配はいらねえだろう。先に、こっちの話を片付けようぜ。さっき出てった奴は、どんな知らせを持ってきた？」

真っ直ぐに切り込まれて、レトリーはしばしの間、答えを躊躇《ためら》った。そして、長い吐息をつく。

「――北上したガルヴォ軍は、ここからそう離れていない場所で野営している」

ハヴィが小さく息を呑《の》んだ。シャリースは片眉《かたまゆ》を上げた。

「川のこっち側に渡っちまったのか」

「いや、まだ、対岸にいる。だが、次の橋は、そう遠くない」

「それなのに止まったってことは、待機中なわけだ」

レトリーはうなずいた。

「別の部隊が南下している。一両日中には、今日我々が見た部隊と合流するだろう」

「――あるいは」

思案げに、シャリースは顎を擦《さす》った。

「あんたたちを待ってるのかもな。あいつら、戦いの場所を選んでやがる。こっちを挑発してるぜ」

そして彼は、テーブルの上に手をついた。

「それで、あんたはどうする？」

レトリーはじろりと、若い傭兵隊長を見やった。信頼すべきか否かを、決めかねているという顔だ。

「バンダル・アード＝ケナードは、私に雇われる気があるのか？」

シャリースはにやりと笑った。

「あんたにその気があるのならな。それから、先に俺たちを雇ったご婦人方の安全を、最優先するという条件を付けさせてもらおう。あんたが金を払い、彼女たちが無事である限り、バンダル・アード＝ケナードはあんたにとって役に立つはずだ。評判の程は、そこの副官殿に訊いてくれ」

シャリースが片手で、ハヴィを指す。ハヴィは黙ってうなずいてみせた。

レトリーは、なおもしばらく考え込んでいた。そしてゆっくりと顎を引く。

「実は、このままガルヴァ軍に引きずられてただ川を下るのは、得策ではないと考えている」

シャリースは目を眇《すが》めた。

「同感だ。わざわざ挑発に乗ってやることはない。それで？」

「敵の背後を衝《つ》きたい」

テーブルの端に寄せられていた地図を引きよせて、彼はそれをシャリースに示した。

「上流に遡《さかのぼ》ると、川は二股に分かれる」

指で、川を南へ辿《たど》ってみせる。

「それぞれの川幅は狭いし、深さも、歩いて渡れる程度だそうだ。そこで川を二本渡って、対岸を下流に進み、敵を背後から襲ってもらいたい。バンダル・アード＝ケナードと……ハヴィ、おまえも行ってくれ。おまえの部下を率いてな」

ハヴィは口を開いて何かを言いかけ、しかし口を閉ざした。シャリースを窺《うかが》い、傭兵隊長が目配せを寄越したのを認めて、上官に向き直る。

「判りました」

「時を合わせて、こちらから攻撃を仕掛ける。対戦の場は、この橋の付近になるだろう」

レトリーは、今現在ガルヴァ軍がいるという場所の、少し下流の橋を示した。一両日中に、ガルヴァ軍が援軍と合流するという、その場所だ。

「我々が橋を渡る間、奴らの注意を引いておいてもらいたい。こちらにも、明日の夕方には、マラーに駐屯《ちゅうとん》していた部隊が到着するはずだ」

マラーの歓楽街で腕を締め上げてやった、あの酔っ払った兵士のことを思い出し、シャリースは内心で笑みを浮かべた。あそこにいた正規軍の兵士たちは、仲間がバンダル・アード＝ケナードから不当な暴力を受けたと信じているかもしれない。だとすれば、顔を合わせない方が、悶着《もんちゃく》の種を育てずに済むというものだ。

「二十オウルもらおう」

シャリースは宣言した。

「明日、その任務を果たすためにな。明後日のことは、その後の状況によって決めるのはどうだ？　戦闘が無ければ、値を下げるか、雇用を打ち切る。あんたは無駄金を払わずに済み、俺たちは、別の仕事が出来る。いい話だと思うがな」

一日二十オウルは、相場より少しばかり高い。それは、相手ももちろん承知しているはずだ。

だが、レトリーはうなずいた。もともと鷹揚《おうよう》な気質らしい。

「よかろう」

その返事に、シャリースは笑みを浮かべてみせた。

「よし、それじゃあ、細かいところを練《ね》るとするか」


川は、林の間に潜《もぐ》り込《こ》んでいる。

水の流れを右手に見ながら、バンダル・アード＝ケナードは、上流へと歩を進めていた。ハヴィの率いる、五十人の正規軍が一緒だ。敵を背後から急襲し、短い時間攪乱《かくらん》するには、十分な人数である。

彼らは夜が明け切る前に出発した。今のところ、敵にも味方にも遭遇《そうぐう》していない。付近に住んでいるらしいモウダー人の猟師が、仕掛けた罠《わな》を見回っているのを見かけたが、それだけだ。

木々に遮《さえぎ》られて、視界が効かない。それが、シャリースには気に入らなかった。今は、正規軍兵士が二人、行く手の様子を探りに行っているが、それだけでは心許ないと、彼は考え始めた。負担は増えるが、こちらからも、一人くらいは出すべきだったかもしれない。そうすれば、今よりも幾らかは、心穏やかでいられただろう。

そしてさらに、行軍を困難にしている要素がある。彼らの後ろを歩いている正規軍の兵士たちだ。

ハヴィの抱えている不安については、シャリースも、昨夜のうちに聞いていた。ハヴィはこれまで一度も、上官の指揮から離れたことがないのだ。バンダル・アード＝ケナードが一緒だとはいえ、自らの判断で一部隊を指揮するのは、初めての経験なのだった。

それに加えて、部下とうまくいっていない。

彼らは、若い指揮官を信用していない。その気持ちは、シャリースにも判る。ハヴィも同様だろう。そして兵士たちは、若い指揮官についても、この任務についても、寛大《かんだい》な気持ちには到底なれないようだった。

本隊から切り離されたこの任務は、確かに、残った者たちよりもはるかに移動距離が長い。危険も増す。彼らはそれが不服なのだ。

「俺たちは貧乏くじを引かされた」

短い休憩時に、彼らはそんなことをこぼしていたらしい。

「あの貴族の若造は、自分の剣も持ち上げられないってのによ……」

それを聞いていたのは、メイスレイだった。シャリースはその後、林の中を歩いているときに、彼から報告を受けた。

「煽《あお》ってるのは、オレフという男だ」

シャリースは、前方に視線を据えたまま顎を引いた。その名前は聞いていた。昨日ハヴィに喧嘩《けんか》を売った男だ。

「ああ、知ってる。ああいう類《たぐい》の不平屋は、どこにでもいる。ハヴィなんか、格好の餌食だな」

「オレフの相棒の、ラシェックという男も要注意だ。いずれ面倒を起こすぞ」

メイスレイは穏やかに断言した。シャリースはうなずいた。メイスレイはシャリースより人生経験が豊富で、兵士としての生活も長い。彼は、軍を内部から弱らせるのは何かを、よく知っているのだ。

シャリースは横目で、年嵩《としかさ》の傭兵を見やった。

「どうやって、奴らの話を聞いたんだ？」

メイスレイは肩をすくめた。

「軍隊で初対面の連中と仲良くやっていくためには、上官の悪口が有効だ。互いに愚痴《ぐち》をこぼし合うことで、親近感が生まれる」

さらりとそう言ってのける。聞いていたダルウィンが笑い出した。シャリースは苦笑した。

「……具体的な話を聞くのはやめておこう」

やがて、彼らは開けた場所に出た。林の一部が切り拓《ひら》かれ、そこに集落が出来ている。川魚を捕って生活しているらしく、小舟が何艘か繋《つな》がれていた。十軒ほどの小さな木の家が身を寄せ合い、その間で子供たちが遊んでいる。川縁では、数人の男が網の修理をしていた。

エンレイズ軍の面々は、集落を迂回《うかい》した。通り過ぎる軍隊に気付かなかったわけはないが、住民はそれを無視した。兵士たちが魚を買うのでなければ、用は無いというわけだ。幼い子供たちが何人か、行き過ぎる男たちを見ていたが、それだけだった。

だが、そちらから漂《ただよ》ってきた料理の匂いに、兵士たちの方が反応した。脂《あぶら》の焦《こ》げるその匂いには、抗《あらが》いがたい力があった。誰もが食欲をそそられる。

「隊長」

いかにも下心のありそうな顔で、チェイスがシャリースの横に追い縋《すが》った。

「あそこに、ヴェルマたちが隠れてるってことは……」

「ないだろ」

シャリースが答える前に、ダルウィンがあっさり切り捨てる。

「いれば、エルディルが絶対気付く。どさくさまぎれにあったかい飯をたかりに行こうと思ったって、そうはいかねえぜ、チェイス。おまえの魂胆くらい、お見通しなんだよ」

チェイスは深い溜息を吐いたが、そんなことはないなどと、見え透いた嘘《うそ》は言わなかった。シャリースは笑った。

「あったかい飯にありつきたかったら、さっさと仕事を済ませねえとな」

うまそうな料理の匂いが、バンダル・アード＝ケナードに及ぼした影響は、それだけだった。

だが、正規軍のほうは違った。川縁に戻り、幾らも行かないうちに、騒ぎが持ち上がったのだ。ハヴィは急いでそこへ駆け付けた。

二人の兵士が、地面に座り込んでいた。オレフと、その相棒のラシェックである。

「足を捻《ひね》ったんだ」

オレフはそう主張した。

「二人して転んじまった」

ハヴィは二人を見下ろした。オレフもラシェックも、若い指揮官を真っ向から見返した。悪びれるなどという可愛げはない。

「負傷兵は、戦闘に加わらなくていいはずだ」

オレフはそう嘯《うそぶ》く。ラシェックもうなずいた。彼はオレフより幾らか若いが、ハヴィにとっては、オレフ同様手強い相手だ。

「二人とも立て」

ハヴィは抑えた声で命じた。この二人が怠《なま》けたがっていることは明らかだ。隊列から抜けて、うまい料理を食べたがっている。だがもちろん、そんなことを許すわけにはいかない。

「早くしろ。遊んでいる暇はないんだ」

「だから、立てないんですって」

ラシェックが言《い》い募《つの》る。

「こんな状態じゃ、ガルヴォの奴らと戦うなんて到底無理だ」

「……」

　ハヴィが口を噤《つぐ》むと、兵士たちも黙り込んだ。誰もが、オレフとラシェックが怪我《けが》などしていないことを承知している。二人は、ハヴィについて戦うことを拒絶したのだ。負傷兵として認められれば、逃亡したとは見なされない。ハヴィが彼らを告発するには、二人が戦闘可能であることを証明しなければならない。

　だが今は、そんなことをしている暇はない。オレフとラシェックも、もちろんそれを計算している。

「……僕は確かに若いし、経験もない」

　ゆっくりと、ハヴィは口を開いた。

「負けて、面目を潰《つぶ》して帰るかもしれないし、死ぬかもしれない」

　オレフとラシェックだけでなく、兵士たちの全員が、若い指揮官を見つめている。ハヴィは座り込んだままの二人を睨み据えた。

「でも僕は全力を尽くすし、絶対に、失敗を誰かのせいにしたりもしない」

「……」

　しばしの間、誰も口をきかなかった。騒ぎに気付いて、前を進んでいた傭兵たちが足を止める。金属の触れ合う音が止み、周囲に静けさが満ちる。息詰まるような沈黙が、その場を支配した。

　しかしそのとき、ハヴィの耳は、遠くに、微《かす》かな金属音を聞き取った。そして、重要なことを思い出す。

　彼はさっと振り返った。

「――斥候《せっこう》は戻ったか？」

　兵士たちは困惑して、周囲を見回した。

「いや……まだです」

　今や全員が、必死に耳を澄ましていた。これは、異常事態だ。斥候は、とうの昔に戻っているはずだった。

　戻ってこないということは、彼らの身に、何かが起こったのだ。

金属の微かな響きは、幾重にも重なりながら、こちらに近付いてくる。彼らにとっても、馴染《なじ》みのある音だ。

「敵だ……！」

ハヴィの鋭い囁きに、怪我をしていたはずの二人までが、弾《はじ》かれたように立ち上がっていた。全員が、驚愕《きょうがく》に身を強張らせる。

彼らの前で、バンダル・アード＝ケナードの傭兵たちが身を屈《かが》めた。命令は小声で、仲間から仲間へと伝えられたらしい。そのまま静かに動き出す。幾人かは、身を低くしたまま、それぞれ別の方向へ走り出した。

傭兵隊長が、正規軍兵士たちの間を乱暴に掻《か》き分《わ》けて、ハヴィのところへやってきた。

「全員を伏せさせろ」

シャリースは身振りで、地面を指した。

「奴ら、すぐ側にいやがる。臙脂《えんじ》の軍服が見えたって報告があった」

「伏せろ、早く！」

ハヴィの指示に、全員が従った。否も応もない。自分もシャリースと共に身を伏せながら、ハヴィは、傭兵隊長を見やった。

「一体何でガルヴァ軍があんなところに……」

それには答えず、シャリースは、傭兵たちの向かっている先を指した。彼らは川から離れ、林の奥へ、さらに分け入って進んでいる。

「あそこに窪《くぼ》みがある。木の根元の高さで判るな？うちの連中が這《は》いずってるのについて行くんだ。移動するぞ」

兵士たちは全員、傭兵隊長の指示に従った。もはや不服を言う者はいない。命が懸《か》かっているとなれば、誰でも従順になる。

バンダル・アード＝ケナードが見つけた窪みの深さは、あまりにもささやかだった。遠目には、ここに身を低くしていれば誤魔化せるだろう。しかし敵が近付いてくれれば、見つからないはずはない。

「奴ら、いるはずのない場所から出てきやがった」

落ち葉の上にうつ伏せになったまま、シャリースは若者に囁いた。彼らは、窪みの縁から、敵の方を窺った。ハヴィが歯を食いしばる。

「うちの斥候が戻ってこない」

「……こりゃ、やられちまったな」

シャリースは目を眇めた。

「嵌《は》められたな。ガルヴォ軍は最初から、対岸からエンレイズ軍を誘導して、川下に向かわせてたんだ。それで、岸のこっち側に別働隊を置いて、エンレイズ軍の跡をつけてた」

「何故《なぜ》……」

困惑した顔の若者に、シャリースは、皮肉に唇を歪《ゆが》めてみせる。

「忘れたのか、俺たちは、敵の本隊の後ろに回り込もうとしてただろう？　敵も、俺たちとおんなじことを企《たくら》んでたんだよ。ただし、向こうの方が先に行動を起こしてた。そこにいる奴らは、少なくとも昨日のうちには、川のこっち側に渡ってたはずだ」

ハヴィは目を瞬《しばたた》いた。

「何でそんなことが判る？」

「マドゥ＝アリたちが姿を晦《くら》ましたのは、きっと、このガルヴォ軍を見たからだ——多分な。単なる推測だが、こんなにもしっくりくる説明はねえぜ」

ヴェルマたちの隠れ場所にディザートが姿を現し、そこでなにがしかの悶着が起こったのは確かだ。だが、マドゥ＝アリとエルディルは、その悶着を瞬時に片付けたはずだった。その彼らが、バンダル・アード＝ケナードに合流することなく姿を消したのは、女連れでは到底歯の立たぬ敵に、進路を阻《はば》まれたからだろう。

彼らは恐らく、今の自分たちと同じ状況に置かれたのだと、シャリースは考えた。タッドは、ガルヴォ軍を避けることを選んだだろう。女たちも、それに同意したに違いない。マドゥ＝アリとエルディルが、それに逆らうなど有り得ない。

とすれば、もしかすると、彼らはここから、そう遠くない場所にいるのかもしれない。

息を呑んで、ハヴィは傭兵隊長の横顔を見た。

「それじゃ……彼らはもしかしたら、ガルヴォ軍に捕まったか、殺されたかしたんじゃ……」

まるで首を絞められているような声で囁く。シャリースは若者へ顔を向けた。

「マドゥ＝アリと、エルディルだぜ？」

片頬《かたほお》でにやりと笑う。

「あいつらが大人しく捕まるわけがない。それに、あそこにあった死体に、ガルヴォの軍服着てる奴は一人もいなかった。第一、エルディルが、ガルヴォ軍に気付かないわけはないんだ。俺たちみたいに、ここまで敵に接近されたりはしなかったはずだ。エルディルがここにいたら、俺たちのことを、どうしようもないぼんくらだと笑うだろうさ」

事情は察せられたが、しかし、今は、女たちの行方を心配している余裕はない。自分たちが生き残れるかどうかの瀬戸際なのだ。

ハヴィが出した斥候は戻らなかった。既に、ガルヴォ軍に発見され、殺された可能性が高い。

斥候を見付けたのならば、当然敵は、エンレイズ軍が近くにいることを予期し、探しているに違いない。となれば、こっそりと逃げ出すこともかなわないだろう。しかし、ここで指を咥《くわ》えて、敵が自分たちを見つけるまで、ただ待っているわけにはいかないのだ。

周辺の様子を腹這いのまま調べに行っていたバンダルの隊員たちから、報告が届けられた。

シャリースは周囲に視線を巡らせた。部下たちの報告を吟味《ぎんみ》する。行軍してくるガルヴォ軍の姿が木々の間から見えたところで、シャリースは大きく息を吸い込み、吐き出した。

「ハヴィ、覚悟はいいか」

若者は、両手を固く握りしめた。

「……ああ」

「俺たちは、あっちから南に回って、奴らの横手に出る。おまえたちはここで、敵を引きつけろ。不意を衝けば、奴らを片付けられるかもしれない。ここを通るには、それしかない。簡単にやられれんじゃねえぞ」

「判った」

ハヴィはうなずいた。ぐっと歯を食いしばり、そして立ち上がる。両足を踏みしめて背筋を伸ばし、剣を抜き放つ。

「全員、立て！」

この号令に、正規軍の兵士たちは、弾かれたように立ち上がった。

「行くぞ！」

兵士たちは剣を抜いた。先頭に立つハヴィに、全員が付き従う。目先の敵の存在は、彼らを結束させた。逃げ場はどこにもない。生き延びるためには、仲間と共に闘うしかない。


それを見届けて、傭兵たちは、身を屈めたまま、窪みの縁に沿って敵の方へと這い進んだ。

「……大丈夫ですかね？」

シャリースへそう囁きかけたのは、チェイスだった。彼はハヴィとは年も近い。若い指揮官の苦闘が、我がことのように思えるのかもしれない。

同じ危惧《きぐ》を抱えてはいたが、シャリースはかぶりを振った。

「今は考えるな。自分の仕事に集中しろ」

「始まるぞ」

緊迫した声音で、ダルウィンが呟《つぶや》く。

シャリースは肩越しにそちらを窺った。兵士たちの雄叫《おたけ》びが上がり、剣と剣とがぶつかり合う音が響き渡る。彼らの目にもようやく、そこにいるガルヴォ軍の全貌《ぜんぼう》が見えた。幸いなことに、シャリースが恐れていたほどの大人数ではない。

だが、自分たちの倍近くはいるだろう。油断していい数ではなかった。

「奴らを川に叩き落とせ」

シャリースは部下たちに指示した。

「いちいち殺してたらおっつかねえ。腹の底から大声を出して、あいつらの肝を潰してやれ。行くぞ」

「――ブルーク！」

叫びと共に、彼らは窪地から飛び出した。バンダル・アード＝ケナードの出撃の号令は、セリンフィルド語で掛けられる。初代の隊長がセリンフィルド人であったことの名残《なごり》だ。

突然躍りかかって来た黒衣の傭兵隊に、既にエンレイズ軍と交戦中だったガルヴォ軍の兵士たちから、怒りと狼狽《ろうばい》の声が上がる。バンダル・アード＝ケナードは一気に敵の隊列に突っ込み、勢いのまま、二十人余りを川の流れに突き落とした。絶望的な悲鳴が響き、そして川の中へと飲まれていく。この場所では、水面から岸までは、大人の背丈ほどの高さがあり、這い上がることは不可能だ。

シャリースは手近にいた敵兵に剣を叩きつけた。相手は、何とか自分の剣でそれを受けたが、シャリースに腹を蹴《け》られて水面に落ちた。ダルウィンの剣の一閃《いっせん》が、敵の眉間《みけん》に命中する。ノールの長い腕は、苦もなく敵を川へと突き飛ばす。チェイスは猫のように素早く、敵の足をすくった。倒れたガルヴォ兵は、声を上げる間もなく喉《のど》を掻き切られた。

ガルヴォ兵は浮足立った。傭兵たちの黒い軍服そのものが脅威だったのかもしれない。突然現れるなり、多くの仲間が川に突き落とされたのを目にしたことも、彼らに衝撃を与えただろう。敵の手に掛かって死ぬよりも、自ら川に飛び込んで、生き延びる可能性に賭けようとする者も出始める。

シャリースは、突きかかって来た相手の剣を受け流し、柄頭《つかがしら》で相手の鼻を折った。目の隅で、エンレイズの正規軍兵士が幾人か、地面に倒れているのを捉える。一人はシャリースの見ている前で、敵もろともに川へ落ちた。その他にも、膝《ひざ》をついたまま立ち上がれなくなっている者もいる。

だが、そんな中にハヴィがいたかどうかまでは判らなかった。正規軍の兵士たちも奮戦している。シャリースは血を噴き出している死体を跨《また》ぎ、その向こうにいたガルヴァ兵に襲いかかった。相手は慌てたたらを踏み、背中から川へと落ちた。

遂に、エンレイズ軍は、数の劣勢を覆《くつがえ》した。

今や、臙脂の軍服の兵士たちは、防戦一方になっている。傭兵たちは、残った敵を、まとめて川に突き落とすことが出来るようになった。

そこからは、さほどの苦労はなかった。

生きている敵を全て川へ片付け、シャリースは息を吐いて、周囲を見回した。こちらの被害も軽くはない。部下の中には怪我人が出ているし、正規軍の兵士たちには、無傷の者はほとんどいない。死人も出ているようだ。兵士たちは、倒れた仲間たちの生死を確認し、互いの傷の手当てを始めた。

生者の中にハヴィの姿を見つけて、シャリースはほっとした。肩で息をしているが、それでも、大した怪我もないようだった。剣を投げ出して跪《ひざまず》き、地面に横たわった部下の、傷の手当てをしようとしている。両手が血に染まっている。

シャリースの目には、その怪我人は、もはや長くないように見えた。まだ、弱々しく動いてはいる。だが、胸から腹を切られて、夥《おびただ》しい量の血が溢《あふ》れていた。シャリースは、同じような怪我人を大勢見てきた。あそこまで出血していては、まず見込みはない。

数分のうちに、何人かがこと切れた。一方で、手当てを受けて、立ち上がる者もいる。

この場から急いで離れなければならないと、シャリースは考えた。

川へ落としたガルヴァ兵たちは、いずれ川下にいる本隊の兵士に発見されるに違いない。大量の死体が流れてくれば、ガルヴァ軍も異変を悟るだろうし、自分たちエンレイズ軍の仕業であることも想像がつくだろう。それに、生き延びた兵士が本隊に辿り着けば、ここで何が起こったのかは知れてしまう。敵の中に、少し頭の回転が早い者がいれば、自分たちの背後を衝くため、エンレイズ軍が回り込もうとしていることに勘付くに違いない。

そうなる前に、自分たちは敵の背後へと回っていなければならない。動きを予想されていたのでは、奇襲にならないどころか、こちらが待ち伏せされる恐れもある。

「ハヴィ、立て」

若者の側に歩み寄って、シャリースは若者に声を掛けた。ハヴィは答えない。倒れた部下の傷口に両手でマントを押しつけ、止血しようとしている。地面に倒れた者で、息があるのは、今やその一人だけだ。

「ぐずぐずしている暇はない。行くぞ」

ハヴィは顔を上げた。今にも泣き出しそうだ。

「だが、怪我人がいる」

シャリースは側に寄って、瀕死《ひんし》の男を見下ろした。

そして、微かに目を瞠《みは》る。オレフだった。ことあるごとに、ハヴィと対立していたという男だ。どんよりと濁《にご》った目で、シャリースを見上げている。

だが、それが誰であれ、シャリースの結論は変わらない。

「そいつは駄目だ、ハヴィ。置いて行くしかない」

ハヴィはしかし、手を離そうとしなかった。

「あんたならどうするんだ」

真っ直ぐにシャリースを見上げながら、絞り出すような声で問う。

「自分の部下を見捨てるのか？　まだ生きてるんだぞ」

ハヴィにとっては、これが、直属の部下を率いての初めての戦いだ。目の前で部下が死んでいき、その責めを負わねばならぬのもまた、初めてなのだ。

だが、それはハヴィにとって、乗り越えなければならない壁だ。

「ああ、俺なら置いていく」

シャリースは努めて冷たく答えた。

「そいつ一人にかかずらって、残る全員の身が危険に晒《さら》されるような場合にはな」

「……」

ハヴィは唇を引き結んだ。しかし両手は頑《かたく》なに、傷口を押さえたままだ。

シャリースは声を和《やわ》らげた。

「ハヴィ、目を見開いて、そいつをちゃんと見ろ。もう助からない。ここまで何をしに来たのか思い出すんだ。そいつが死ぬまで、ずっと側についててやるわけにはいかねえぞ。俺たちがここでぐずぐずしてたら、本隊まで危なくなるんだからな」

しかし、ハヴィはかぶりを振った。

「……僕には出来ない」

まるで、首を絞められているかのように、か細い声で言う。シャリースは少しばかり驚いた。ハヴィにこんな強情な面があるとは、今まで知らなかった。それは、育ちのいい若者にありがちな感傷だったかもしれないが、ハヴィは手を離そうとしない。

シャリースはオレフを見下ろした。オレフは目を閉じている。顔は血の気を失い、真っ白になっていたが、胸はまだ、浅い呼吸に上下している。

「ハヴィ、諦《あきら》めろ。おまえには、残った者に対する責任があるんだ」

シャリースの言葉に、ハヴィは大きく息を吸い込んだ。

「判ってる！　でもここで、彼を見捨てることは出来ない」

若者の目を、シャリースは真っ向から見返した。

「そうだ。一生後悔することになる。だがそれが、上に立つ者の宿命ってやつなんだよ」

ハヴィの目から、一筋の涙がこぼれた。

「——僕の後悔なんかどうでもいい。でも、こんなところに仲間を捨てていくのは、間違ってる」

もちろん、ハヴィの主張は馬鹿げた戯言《たわごと》だ。だがシャリースには、ハヴィの心の葛藤《かっとう》が、手に取るように理解できた。シャリースもそんな気分を、過去に幾度となく味わってきたのだ。恐らく、他の誰の目にも、それが判ったことだろう。周囲は静まり返っている。誰もが息を詰めて、シャリースとハヴィのやり取りを見ている。

「……そのために、他の部下が死ぬことになっても、間違いだって言うつもりか？」

ハヴィの優しさは、むしろ痛ましいほどだった。しかしシャリースは、若者を無理にでも説得しなければならない。このままでは、全員が破滅することになる。

ハヴィは瞬きをして、涙を振り払った。そして、決然と頭を上げる。

「シャリース、僕の部下を、バンダル・アード＝ケナードに預ける」

突然の宣言に、シャリースは思わず片眉を吊り上げた。

「何だと？」

「あんたの部下として、ここから連れ出してくれ。僕はここに残って――何とか、助かる方法を考える」

「……」

唖然《あぜん》として、シャリースは若者を見下ろした。言うべき言葉も見つからない。

「こいつは驚いた」

ダルウィンの呟きが、シャリースの耳にも届く。

「ハヴィの奴、シャリースを黙らせやがったぜ」

「早く！」

ハヴィが叫んだ。またもう一粒、涙が転がり落ちる。

シャリースは舌打ちした。幼馴染《おさななじみ》に鋭い一瞥を投げかけ、そして、若者を睨み据える。

「――こんな甘ったれた手が通用するのは、この一回限りだからな、ハヴィ。覚えてろよ」

そして彼は、自分の部下たちを振り返った。傷の手当てをしている者もいれば、敵の死骸《しがい》から目ぼしい物を略奪しようとしている者もいるが、全員が、こちらを窺っている。興味津々《しんしん》の顔の中から、シャリースは目当ての二人を捜した。

「ノール」

とりわけ大柄《おおがら》な傭兵が、呼ばれて前に進み出る。シャリースは、瀕死のオレフを指した。

「こいつを頼む。出来るだけそっと運んでくれ。サイ」

死体の上に屈み込み、その懐《ふところ》を探っていた傭兵が立ち上がった。

「おう」

「おまえ、舟を漕《こ》げたよな?」

屈強な中背の男は、シャリースの問いに素っ気なくうなずいた。

「ああ」

「よし」

シャリースは、元来た方を片手で指した。

「ノールと一緒に、さっき通った、あの漁師たちのところに行くんだ。舟を借りて、怪我人と一緒に川を下れ。必要なら、舟を買い取ってもいい。ノールは、舟を確保したら戻ってこい。サイはレトリー司令官の本隊を探して、合流するんだ。そのまま、本隊と一緒にいろ」

ノールとサイは、了解のしるしに顎を引いた。ダルウィンが、ハヴィの前に膝をつく。

「ハヴィ、そのまま押さえてろ。今、傷を縛《しば》るからよ」

ハヴィは涙目のままダルウィンを見た。

「助けられるか?」

ダルウィンは肩をすくめた。

「それが、こいつの運命ならな」

白い狼《おおかみ》が突然ぴんと耳を立てて頭をもたげた。

タッドは思わず身をすくめた。エルディルは、空気の匂いを嗅《か》ぎながら、そわそわと動き回っている。

何かが近付いてきているのかもしれない。しかし、それが何かは、エルディルは教えてくれず、タッドにも、狼の心を読む術《すべ》はない。もしかしたら、狼と一心同体のように振る舞うマドゥ＝アリには判っているのかもしれなかったが、マドゥ＝アリもまた、口を開こうとはしなかった。エルディルと同じ音が聞こえているかのように、じっと、耳を澄ましている。

ヴェルマとサリアは、大きく張り出した木の枝の下で、落ち葉に埋もれて眠っている。

すっかり疲れ切っている様子だが、とにかく無事だ。足に豆くらいは出来たかもしれないが、その程度で済んでいるのは奇跡のようだと、タッドは思った。大きな白い狼と、無愛想なその飼い主にはしばしば困惑させられていたが、彼らがいなければ、自分も女たちも、とうに命を落としていただろう。

ディザートは死んだ。昨日のことだ。

殺したのは、しかし、彼らではない。木々の間から突然現れたのは、平服の、五人の男だった。ディザートはそのうちの一人に挑みかかり、敗れたのだ。

今となれば、彼の死は無駄だったのではないかと、そう考える余裕も出てきた。騒ぎの渦中にいたときには、タッドにも、何が起こったのかさっぱり判らなかった。ディザートや、彼をヴェルマの元に案内してきた平服の男にとっても同じだっただろう。あるいは、突如襲いかかって来た謎の男たちにとっても、これは、予期せぬ事態だったかもしれない。

タッドには、考えている暇などなかった。彼の仕事は、二人の女を守ることであり、味方はマドゥ＝アリとエルディルだけだったのだ。マドゥ＝アリの緑色の瞳に、硬く鋭い光が宿るのを、タッドは見た。それは背筋の寒くなるような光だったが、タッドはあえてそれを瞼《まぶた》に焼き付けた。

ディザートは突然の攻撃を、自分に向けられたものだと考えたらしかった。

彼は剣を抜き、襲撃者たちの一人に襲いかかった。

だが、タッドの見るところ、敵は、ディザートを避けようとしていた。彼らが殺したがっていたのは、ディザートでも、ヴェルマでもなかったのだ。

彼らは真っ直ぐに、抜き身の短剣を握ったサリアへと向かった。

ディザートが一人を食い止めている間に、残る四人が、黒い髪の少女へと襲いかかったのを、タッドは確かに見た。

タッドは我が目を疑ったが、間違いなかった。四人は、ヴェルマには目もくれなかった。サリアを殺す、そのためにやって来たのだ。

だが、傭兵たちが、その前に立《た》ち塞《ふさ》がった。

薙《な》ぎ払《はら》われた剣の切っ先をさっとかわし、エルディルが敵の喉笛に食らいつく。マドゥ＝アリが別の一人を、剣を合わせることすらせずに斬り殺した。首から血を噴き出しながら、相手は後ろへ一歩よろめき、それから仰向けに倒れた。女たちが息を呑む。しかしマドゥ＝アリは、死体には目もくれない。じりじりと距離を詰める敵を、じっと見据えている。

タッドも、別の一人に襲いかかった。敵の意図が何であれ、排除するのが自分の仕事だ。

相手と剣を打ち合わせた瞬間、タッドは相手が、剣を使い慣れていると確信した。

もしかしたら、軍服を着ていないだけで、相手も、自分たちと同じ傭兵なのかもしれない。軍に属しているか否かはともかく、金をもらって人殺しをする集団は、幾らでもいる。

マドゥ＝アリは、身振りでサリアを下がらせた。少女は短剣を握り締めたまま、じりじりとヴェルマの側に戻る。マドゥ＝アリは彼女たちの側に張りついている。こちらから仕掛けなければ、この刺青《いれずみ》の男に殺されることはないという事実に、残る一人は逡巡《しゅんじゅん》しているようだ。睨み合いが続く。

そしてその間に、ディザートが倒れた。

ディザートを殺した男は、そのままマドゥ＝アリに向かっていこうとした。肩の辺りに大きな傷を負っていたが、怯《ひる》んではいない。二対一ならば、マドゥ＝アリにも対抗できると考えたのだろう。

だがその前に、タッドが飛び込んだ。

それまでタッドが力比べをしていた男は、エルディルが引き継いだ。人間が相手であれば、たとえそれが黒衣の傭兵であってもたじろがなかった男は、しかし、口の周りを真っ赤に染めた白い狼には恐れの色を見せた。

タッドは手負いの男の胸に剣を突き立て、相手の痛みを永遠に終わらせてやった。そして、残る敵に向き直る。

生き残った二人の襲撃者は、今や、二人の傭兵と一匹の狼を相手にしなければならないという状況に追い込まれた。彼らは目を見交わし、そして呆れるほどの素早さで、林の奥へと駆け去った。いつの間にか、ディザートの案内をしてきた男の姿も消えていた。どさくさまぎれに逃げ出したのだ。

死体と共に残された二人の女とその護衛たちは、しばし黙って、陰惨《いんさん》な情景を見渡した。タッドとマドゥ＝アリは剣を拭《ぬぐ》って鞘《さや》に収め、エルディルは、死体を順繰りに嗅ぎ回っている。タッドはその後に続き、全員が死んでいることを確かめた。

「……どういうことだ」

最初に口を開いたのはタッドだった。

「あいつら、おまえさんを殺そうとしてたぞ、サリア」

少女の黒い目は、一杯に見開かれている。

声がかすれ、彼女は唾《つば》を飲み込んだ。

「私……」

「――判らないわ」

動転している様子である。ヴェルマが少女を抱き寄せ、宥《なだ》めるように腕をさすってやる。

「何で私が……」

ヴェルマの腕の中で、サリアは震え始めていた。

視線は、死体に釘付けだ。

ヴェルマもまた、複雑な表情で、ディザートの骸《むくろ》を見ていた。ディザートは確かに、彼女にとっては厄介《やっかい》な相手だった。しかし、死んでほしいとまで思っていたわけではないのだ。

「一体何がどうなってるの……？」

ヴェルマは、少女を抱いたまま呟いた。

「私たちの部屋に火を投げ込んだのはこいつらだったってこと？　でも、何で……」

ヴェルマが言葉を呑み込んだのは、エルディィルがはっと顔を上げ、マドゥ＝アリが唇に人差し指を当ててみせたからだ。

「誰か来る」

淡々と、マドゥ＝アリはそう告げた。緑色の目が眇められる。

「――ちょっと見てくる」

タッドは囁いた。

「マドゥ＝アリ、そこにいてくれ。すぐ戻る」

エルディィルがじっと見つめている方向に、タッドは身を屈めながら向かった。先刻逃げ出した男たちが、仲間を連れて戻ったにしては早すぎる。もし地元の人間であったなら、女たちをもっと安全な場所に移せるよう、協力を求めるつもりだった。

しかし、彼が目にしたのは、ガルヴァの一軍だった。

彼は愕然とした。一体何故、ガルヴァ軍がこんなところにいるのか、皆目見当がつかなかった。だがともかく、それが、最も顔を合わせたくない相手だということに変わりはない。

タッドは急いで女たちとマドゥ＝アリの元に戻った。そして、ガルヴァ軍から出来るだけ距離を取ろうと、その場を離れたのだ。

それから、一日が経過している。

日が落ちてからは、動けなかった。迂闊《うかつ》に火を焚くこともできず、ヴェルマとサリアは、あるだけの着物や毛布を身体に巻きつけ、エルディィルを抱いて過ごした。ヴェルマの体調が崩れるのを、タッドは何より恐れたが、幸い、ヴェルマは夜を耐え抜いた。

だが、そんな場所で、快適に眠れるはずもない。

夜が明け、干し肉と水の朝食を腹に収めてから、タッドはもう一度、周囲の状況を調べに出た。ガルヴォ軍は姿を消していたが、どこに行ったのかまでは判らない。タッドは決断を迫られた。バンダル・アード＝ケナードにおいてはマドゥ＝アリの方が古株だが、シャリースが、マドゥ＝アリに指揮権を委ねたわけでないことは、タッドも了解している。

どうすべきかを決めるのは、彼の役目なのだ。

しかし、戻ってみると、ヴェルマとサリアは眠っていた。周囲が明るくなったことで、少し安心したのだろう。疲れ切った妊婦と少女を起こすに忍びなく、タッドはそのまま、彼女たちを眠らせておいた。

エルディルが反応したのは、そんなときだった。

タッドはマドゥ＝アリを観察した。エルディルが顔を上げて空気の匂いを嗅ぎ、物言いたげに母親を振り返る。数歩進み、ついて来いと言いたげに、また振り返る。

マドゥ＝アリが立ち上がった。

「……バンダル・アード＝ケナードが側にいる」

タッドは思わず目を見開いた。

「本当か⁉」

「――見てくる」

簡潔に告げて、マドゥ＝アリは、白い狼について歩き出した。

「おい……」

タッドはつい、それを止めた。マドゥ＝アリとエルディルがいなくなると考えると、いきなり丸裸《まるはだか》にされたような気分になる。

「……バンダル・アード＝ケナードがいるの？」

眠っていたはずのヴェルマが、不意に口を挟んだ。横たわったまま、半ば閉ざした瞼の下から二人の傭兵たちを見比べている。サリアはまだ、寝息を立てていた。

マドゥ＝アリはうなずいた。

「戻るのなら、今しかないかもしれない」

「どうする？」

　タッドは、彼女に尋ねた。

「雇い主はあんただ。もし、マドゥ＝アリを行かせたくないってのなら……」

「いいわ、行って」

　きっぱりと、ヴェルマは言った。

「エルディルは、どうせあなたの言うことしか聞かないんですもの。行って、捜してきて」

　マドゥ＝アリは彼らに背を向け、あっという間に姿を消した。

6

雨が降り始めた。

バンダル・アード＝ケナードは、川沿いを上流へと遡《さかのぼ》っていた。林は人の手によって途切れ、川に沿って耕地が広がっている。麦は既に刈り取られ、敵の目から彼らの身を隠してくれるものは何もない。

しかし、川縁《かわべり》が整備され、川に降りる道筋が付けられているのは、彼らにとってはありがたい話だった。石で作られたこの無骨な道のお陰で、彼らは崩れやすい泥の崖《がけ》から、川へ滑り下りずに済む。川を渡る任務を果たさねばならない以上、濡《ぬ》れるのは覚悟の上だが、全身泥まみれになっても構わないというわけではないのだ。

名目上、バンダル・アード＝ケナードに組み込まれている正規軍の兵士たちは、黙々と行軍していた。

それまでのことを考えれば、不気味なほどの静かさだった。シャリースは肩越しに、彼らのほうを窺《うかが》った。疲労のあまり口もきけないのかと心配したのだ。体力のない者に、冬の川を渡らせるのは危険だ。

だが彼らは、惨《みじ》めに打ちひしがれていたわけではなかった。

兵士は顔を上げ、しっかりと前を見据《みす》えていた。何人かは、シャリースとまともに視線を合わせすらした。緊張はしているようだが、その目に強い光がある。反抗的なのではない。腹を括《くく》ったのだ。

ハヴィは、シャリースの横を歩いている。

両手にはまだ血が付いているが、涙は乾いていた。こちらも大分落ち着いたようだ。川沿いの戦場から歩き出して以来、殆《ほとん》ど口を開かないが、少なくとも、先刻の、子供のような表情は拭《ぬぐ》い去られていた。

渡河地点は、すぐに判った。

彼らの目の前で、川が突然、南と南西の二本に大きく分かれたのだ。天気が良ければ、二本の川が巨大な三角形の二辺を成して、ずっと先まで続いていく景色を眺めることが出来るのだろう。だが今は、しとしとと降る雨に、何もかもが灰色にけぶっている。彼らはその一本に沿って、しばらく南へ進んだ。

シャリースが足を止めると、全員が止まった。

彼らはしばしの間、黙って、この灰色の光景を眺めていた。雨が冷たく、彼らの服に染み込み始めている。だが川に入れば、服が湿るどころでは済まないだろう。

シャリースの後ろで、ダルウィンが長い溜息《ためいき》を吐《つ》いた。

「気が滅入るな」

川に目を向けたまま、シャリースは唇《くちびる》の端を下げた。

「まったくだ」

目の前の川は、見たところさほど深くはなさそうだった。レトリーの言葉を信用するのならば、歩いて渡れるはずだ。少なくとも、今はまだ。だがぐずぐずしていれば、川が雨で増水し、ここで立ち往生してしまう恐れがある。

「……ヴェルマたちはどうなったかね」

　ダルウィンがぽつりとそう言った。この川を渡るということはすなわち、彼女たちを岸のこちら側に残していくということだ。それこそが、シャリースに渡河を躊躇《ためら》わせている最大の問題である。

　シャリースは部下たちを振り返った。誰の顔にも、同じ思いが浮かんでいる。シャリースは彼らにうなずいてみせた。

「――タッドとマドゥ＝アリを信じるしかねえな」

　そう口にすることで、シャリースは、無理にでも自分を納得させようとした。少なくとも、部下たちは、それで踏ん切りを付けたようだ。

　彼らは恐る恐る、川の中に踏み込んだ。

　幸い、水の深さはせいぜい膝《ひざ》の辺りだった。痺《しび》れるほどに冷たかったが、動けなくなるほどではない。

　一本目を渡り終える頃には、雨が強くなり始めた。彼らは急いで、二本目も渡った。正規軍の兵士二人が、川底の苔《こけ》に足を取られて転んだが、いずれも、大した怪我《けが》もなく、仲間たちに引き上げられた。

　対岸にもまた、刈り取りの終わった畑が広がっていた。

　人の姿はない。こんな天気の中を、わざわざ歩きたがる者もいないのだろう。ずぶ濡れのエンレイズ軍兵士たちは、今度は、川下に向きを変えて歩き始めた。周囲が次第に暗くなってきたのは、雨雲が厚くなってきたのに加えて、日が傾いてきたためだ。

　ようやく彼らは、何とか雨の凌《しの》げそうな木立を発見した。

「ここらで、身体を少し乾かすとするか」

　誰もが、シャリースの、この言葉を待ち望んでいた。

　彼らは木々の下に身を寄せた。辛《かろ》うじて燃えそうな枯れ草や枝を集め、いそいそと火を起こす。

　濡れた服や靴《くつ》が乾くのには時間がかかるが、どのみち、今夜はここで夜を明かすことになる。料理が出来るほどの火は起こせなかったが、彼らは身体を温めながら休息を取った。明日は、敵の本隊に奇襲を掛けることになっている。それは全員が承知している。

夜の帳《とばり》が下りる頃には、雨は止んでいた。

既に十分濡れていた兵士たちにとっては、これ以上濡れずに済むという事実は喜ばしかった。しかし目の前を流れる川は水嵩《みずかさ》を増している。見えなくとも、水の流れが勢いを増している様子は聞き取ることが出来る。

シャリースは歩哨《ほしょう》を見回り、交代の順番を確認してから、火の側《そば》に戻った。焚火《たきび》の前では、ハヴィが一人で、ぼんやりと炎の中を見つめている。火の前に投げ出された足を、シャリースは爪先《つまさき》で押しのけた。

「あんまり火に近付けると、長靴が駄目になるぞ」

言われるがまま、ハヴィは両足を身体に引きつけ、抱え込んだ。そして、隣に座ったシャリースを見やる。

「……本隊は無事かな」

心ここにあらずといった口調だ。シャリースは唇の端で笑った。

「きっと、俺たちよりはましな状況だろうよ」

しかし、ハヴィは笑い返さなかった。

「だけど、僕たちがあんなところで敵とぶつかったせいで、向こうでも何か動きがあったかもしれない」

「――そうだな。確かに、その可能性はある」

シャリースは認めた。

「だが、それを悶々《もんもん》と考えてたってしょうがねえぜ、ハヴィ。そのときはそのときだ。俺たちに今出来ることはないんだからな」

しばしの間、ハヴィは黙り込んだ。そして再び口を開く。

「……オレフは、死んでしまったかな」

シャリースは肩をすくめた。

「さあな」

少なくとも舟に乗せた時点では、オレフはまだ生きていた。それは、ノールから報告を受けた。ハヴィも横で聞いていたはずだ。

若者は、自分の膝に顎《あご》を載せた。

「……死んだと思うか？」

痛みをこらえるような顔つきだった。シャリースはじっと、若者の顔を見つめた。耳触りのいい慰《なぐさ》めの言葉を口にするのは簡単だが、それは無意味だ。ハヴィが必死にオレフを助けようとしていたあのとき既に、自分は、絶望的な見込みを口にしてしまっている。そして、考えは変わっていない。

「そう思うね。たとえまだ生きてたとしても、明日の朝日を拝むことはないだろう」

淡々と告げる。ハヴィは唇を嚙《か》み締めた。

「そうだな……判ってたんだ」

言葉を切り、瞬《まばた》きを繰り返す。

「……それでも、彼の目を見たら、どうしても捨てては行けなかった。結局、僕がこの隊を指揮するようになって、一番多く話をしたのは彼だったんだ——あれが、話と言えるのなら」

うつろに呟《つぶや》く。膝を抱える両腕に力がこもったのが、シャリースにも見て取れた。

「——僕は結局、あんたみたいな立派な軍人なんかにはなれないんだな。きっと生まれつき向いてないんだ」

半ば泣いているような声音に、シャリースは片眉《かたまゆ》を吊り上げた。

「人聞きの悪いこと言うなよ。俺だって別に、生まれつき人殺しだったわけじゃねえぜ」

狼狽《ろうばい》したように、ハヴィは顔を上げた。

「シャリース……」

「判んねえもんだよな」

口を開きかけた若者を、シャリースは片手で遮《さえぎ》った。

「俺は十二までずっと、親の農場を継ぐ気満々だった。セリンノィルドで、麦や野菜を作って、家畜の世話をして、たまには湖で魚を獲《と》って——そういう人生を送るはずだったんだよ。こんなところで軍服着てるなんて、ガキの頃には考えもしなかったぜ」

「……僕はずっと、軍服に憧《あこが》れてた」

ハヴィはおずおずと言った。

「小さい頃から、兄たちと戦争ごっこをして遊んでたよ。母は嫌がったけど」

思わず、シャリースは笑ってしまった。目に浮かぶようだ。ハヴィの子供時代の姿は、たやすく想像できる。さぞかし愛くるしい少年で、大人たちから大切にされてきたのだろう。年は二十を過ぎているはずだというのに、ハヴィにはまだ、純粋な子供の面影が残っている。

「——人生なんてものはな、ハヴィ」

シャリースは若者の肩を摑《つか》み、軽く揺すってやった。

「濁流《だくりゅう》を手探りで遡ってるようなものなんだよ。川底深みにはまって流されちまうかもしれねえし、川底にお宝を見付けて金持ちになるかもしれねえ。どうなるかが判らない以上、余計なことを考えたってしょうがない。もがいて知恵を絞って、今生き延びることに集中しねえとな」

ハヴィは小さくうなずいた。そして立ち上がる。

どこへ行くのかと見ていると、若者は、自分の部下たちの元へ戻って行った。傭《よう》兵《へい》たちはさりげなく、彼の行方を見守った。こんなところで悶着を起こされるのは、彼らにとってもありがたくない話だ。何か穏やかならざる事態が持ち上がったら、彼らも即座に対処する心づもりだった。

正規軍の兵士たちは、若い指揮官を静かに受け入れた。

文句を言う者はいなかった。それどころか、ハヴィのために、焚火の側に場所が空けられた。静かな話し声さえ聞こえてくる。

傭兵たちは、それぞれやりかけの仕事に戻った。

エルディルは、増水した川の手前で止まった。

雨の中を、マドゥ＝アリは目を凝《こ》らした。川が二股に分かれている場所だ。エルディルは辺りをうろつきながら、しきりに空気の匂いを嗅《か》いでいるが、それ以上進もうとはしない。

バンダル・アード＝ケナードは、川を渡ったのだ。

一人と一匹は川沿いを、下流から上流に向かって走ってきていた。エルディルは、仲間たちの死体が放置された場所へと連れて行った。マドゥ＝アリは死体を調べ、それらがまだ新しいことを知った。エンレイズ軍の、紺色の軍服を着た死体が五つ、ガルヴォ軍の、臙脂色《えんじいろ》の軍服を着た死体が三十余り。だが、傭兵隊の、黒い軍服を着た死体は一つもない。

周囲の状況をざっと調べ、マドゥ＝アリは踵《きびす》を返して走り出した。楽々と追いついたエルディルが、彼を先導して、今度は女たちのところまで連れていく。

ヴェルマとサリアは雨を避けて、大きな木の下に縮こまっていた。木の葉から滴《したた》る雨の粒が、彼女たちの上にぽたぽたと落ちかかっている。

タッドはその前に立っていた。こちらは、濡れることを気にしていない。いつでも剣を抜ける体勢のまま、マドゥ＝アリを待ち構えている。

白い狼《おおかみ》がまず女たちの元に辿り着き、大きく胴震いをした。サリアが小さな悲鳴を上げる。飛沫《しぶき》を飛ばされたタッドは、少しばかり嫌な顔になったが、それについては何も口にしなかった。

マドゥ＝アリが濡れた黒い髪を掻《か》き上《あ》げると、顔の半分を覆《おお》う刺青《いれずみ》が露《あら》わになる。タッドは、その中に光る緑色の瞳を見た。

「どうだった」

「バンダル・アード＝ケナードは川を渡った」

マドゥ＝アリの報告に、タッドは眉を吊り上げた。

「……確かか？」

唸《うな》るような問いに、マドゥ＝アリは淡々とうなずく。

「ガルヴァ軍と戦った跡がある。それから、川の向こう岸に渡ったらしい」

「……」

タッドは考え込んだ。顎を撫《な》でながら、肩越しに女たちを見やる。

サリアは手を伸ばして、エルディルの濡れた毛皮を撫でている。エルディルも、尻尾を振りながらサリアの手を舐《な》めていた。一見和《なご》やかな光景だが、少女の手が強張っているのが、タッドにも判る。

ヴェルマは膨《ふく》らんだ腹に手を当てながら、目を見開いて彼を見ていた。目の下に隈《くま》の出たその顔に、微《かす》かな怯《おび》えが見て取れる。タッドはぐっと、唇を引き結んだ。

つまり、自分たちは孤立無援になったのだ。

マドゥ＝アリは何でもないことのようにその事実を受け入れているようだったが、これは由々《ゆゆ》しき事態だ。ヴェルマはそれを理解している。サリアも同じだ。傭兵たちから、頑《かたく》なに目を逸《そ》らしている様から、それが窺える。自分の命が狙われた事件に、少女はまだ動揺《どうよう》しているのだ。その上、取り残されたとなれば、現実を直視したくない気分になったとしても、仕方のないことだろう。

タッドはヴェルマに目を向けた。彼が最も恐れているのは、彼女が身体の異状を訴えることだった。

「歩けるか？」

タッドの問いに、ヴェルマは固い表情のままうなずいた。

「ええ」

そして、眉根を寄せる。

「——でも、川を渡るのは無理だわ。こんな雨の降っているときは、あの川は危険なの」

「……そうだろうな」

もちろんタッドには、ヴェルマに、たとえ小川であっても渡らせるつもりはない。だが、バンダル・アード＝ケナードは対岸へ行ってしまった。もちろん事情があったのだろう。こちらも同様だ。

　しかし、合流出来ないのであれば、こんなところに居続ける必要はないのだ。

　タッドは必死に思案を巡らせた。

「川下に行けば、エンレイズの正規軍がいるはずだ。正規軍と一緒にいれば、バンダル・アード＝ケナードと連絡が取れるかもしれない」

　しかし、ヴェルマの瞳は不安に揺らいだ。

「ディザートが、あんな風に殺されたのよ。私たちが顔を出して、無事に済む？」

「……じゃあ、ともかく、正規軍の近くに行くってのはどうだ？」

　タッドは折衷案《せっちゅうあん》を出した。

「軍の中には入らない。こっそり隠れて近くにいれば、バンダル・アード＝ケナードの情報が入るかもしれないし、たとえガルヴォの奴らと戦いになったとしても、関わり合いにならずに済む」

　握り合わせた両手で顎を支えながら、ヴェルマは考え込んだ。

「……判ったわ」

　そして、潔くうなずく。

「ここでずっと、濡れて震えているわけにはいかないものね」

「行こう」

　そう言ったのはマドゥ＝アリだった。タッドは面食らって、口数の少ない仲間を見やった。答えを求められたとき以外に、マドゥ＝アリが口をきくのを、タッドは初めて聞いたように思った。思わず耳を疑う。

「何？」

　マドゥ＝アリは、木々の奥を指差した。

「向こうに、雨の凌げる場所があった」

「……」

「いいわ」

　タッドが何を言う暇もなく、ヴェルマが決定を下していた。マドゥ＝アリに向かって右手を差し出す。マドゥ＝アリはしかし、困惑したようにその手を見つめている。

ヴェルマは手を引っ込めない。

「お願いだから、立ち上がるのを手伝って。縮こまってたから、足が強張っちゃったのよ。手を摑んで、引っ張って」

きびきびとした指示に、マドゥ＝アリが怖々《こわごわ》と、彼女の手を取った。滑らかに立ち上がったサリアがヴェルマの左手を取る。二人に引き上げられて、ヴェルマはようやく立ち上がった。

マドゥ＝アリが黙って歩き出し、彼らはその後に従った。


対岸の、さらに遠くに、幾つもの炎が躍っているのが見える。

ガルヴォ軍の陣営を、レトリーは、橋のたもとから眺めやった。敵兵の姿は見えないが、その炎で、彼らが確かにそこにいるのだということを思い知らされる。

明日には、どちらかがこの橋を渡ることになる。両者はこの数日、この川を挟んで睨《にら》み合いを続けながら、じりじりと移動していた。どちらも友軍の到着を待っている状態だ。両者の間に小さな橋が存在する状況もあったが、いずれの場合も、剣を交えることにはならなかった。

だが、今、レトリーの前にある橋は違う。まだ新しい大きな橋で、荷車が二台、楽にすれ違うことが出来る。午後に降った雨で川の水嵩は増しているが、この橋は微動だにしない。両岸から軍隊が殺到しても、十分に持ちこたえるだろう。

彼の副官であるハヴィと、バンダル・アード＝ケナードが、敵軍の背後を襲うことになっている。レトリーの元にもたらされた報告では、彼らは途中でガルヴォ軍の一隊と交戦になったが、敵を片付け、その後は予定通りに進んでいるという。

明日の状況次第で、こちらから橋を渡って攻めかかることになるかもしれないし、あるいは、敵の方からこちらに渡ってくるかもしれない。どちらにせよ、この橋は血に染まることになるだろう。

それは、長年軍に身を置いてきたレトリーにとっても、不愉快な見通しだった。

自分が評価されるべき功績を持っているとすれば、それは、六十になるこの年まで生き延びてきたことくらいだろうと、レトリーは自覚している。出来れば、援軍が到着してから動き出したかったが、味方の動きは遅かった。もう待つことは出来ない。敵に渡河を許さぬことが、彼に与えられた使命なのだ。

ともかく、今夜のところは、敵に動きもないらしい。対岸は静かだ。それを見届けて、レトリーは自分の天幕に戻った。

警護の兵を外に残して天幕の中に入ると、副官の一人が、彼を待っていた。

ディザートが死んだ今、レトリーの副官の中では、最も軍歴の長い男だ。背は低いががっしりとした身体つきで、不機嫌そうな顔つきをしている。レトリーの副官として任務について一年ほどだが、あまり親しく話したことはなかった。カベルという名のこの男は、常に何かしらの不満を抱えており、レトリーにとっては扱いにくい相手だったのだ。

「どうした、カベル」

つい、素っ気ない口調になる。早く追い出したいと思いつつ、内部の諍《いさか》いを好まぬレトリーは、退室を命じることを躊躇った。

考えてみれば、ディザートが死んだと知らされてから、カベルとまともに顔を合わせたのは初めてだった。

ディザートが消えた今、立場上、カベルはレトリーの右腕になる。虫が好かないとしても、それだけの理由でカベルを遠ざけるわけにはいかない。明日はこの男にも、軍の指揮を任せなければならないのだ。

レトリーは座ったが、カベルは立ったまま彼を見下ろした。その目に紛《まぎ》れもない怒りが燃えているのを認め、レトリーはたじろいだ。この部下に怒りをぶつけられる理由が、彼には皆目見当がつかなかった。

カベルは、レトリーの困惑にこそ、苛立ちを掻き立てられたようだった。口を開きかけて、感情の高ぶりに声を詰まらせ、口を閉じる。レトリーは相手が話すのを待った。カベルの口から何が飛び出すにせよ、愉快な話でないのは確かだった。

「……何故《なぜ》、ハヴィだったんですか」

ようやくカベルは言葉を押し出した。

「何故、あいつだったんですか。私の方が年は上だ。軍を指揮した経験だって豊富なのに」

カベルが何を言っているのか、レトリーは咄嗟《とっさ》に呑《の》み込めなかった。まじまじと相手を見つめる。

しかし次の瞬間、レトリーははたと、それが、ハヴィが別働隊を率いて行った件だと悟った。

この作戦でガルヴァ軍を叩くことが出来れば、ハヴィの評価が上がる。対して、本隊の一指揮官でしかないカベルが注目されることはまずない。カベルは、それに腹を立てているのだ。

「ハヴィは、バンダル・アード＝ケナードの隊長と親しい」

努めて穏やかに、レトリーは説明した。

「君も知っているはずだろう。もう、数年来の付き合いだそうだ。行動を共にするには打ってつけだと……」

「あなたは愚《おろ》か者《もの》だ！」

その声は小さかったが、まるで、肉食獣が唸るような響きを孕《はら》んでいた。部下から浴びせられた罵倒《ばとう》に、レトリーは打たれたように身体を強張らせた。生意気な部下はこれまでに幾らでもいたが、面と向かってそんな言葉を吐き捨てたのは、このカベルが初めてだ。

カベルはさらに身を乗り出してきた。

「ディザート殿が殺されたのは、バンダル・アード＝ケナードがやって来たときだ。しかも、死体を見つけたのも奴らだ。これが偶然だとでも思っているんですか？　そんなはずがあるわけはない。きっとあいつらが殺したんだ」

レトリーは呆気《あっけ》に取られて部下を見上げた。

「何を言って……」

「あなたを騙《だま》すのは簡単だ。どうして頭を使わないんです。ディザートを殺したのがバンダル・アード＝ケナードの連中で、それを命じたのがハヴィだったのだと、どうしてそう考えないんですか！　ディザート殿が死んだことで、彼は出世への足掛かりを摑んだのですよ！」

この言い分に、レトリーは遂に立ち上がった。

カベルの目には、怒りが燃えさかっている。その目で、真っ向から上官を睨み据える。自分の口にしたことを、心底信じ切っているとすれば、それも当然のことかもしれない。

もしカベルが、もう少し冷静に状況を判断していれば、こんな暴言を吐くことはなかったはずだと、レトリーは思った。カベルの目は怒りに眩《くら》んでいる。ハヴィの人となりを考えれば、そんな陰謀を巡らせるような若者でないことは、誰にでも判るというのに。

だが、今のカベルには、何を言っても無駄なのだろう。それは、彼の目を見れば判る。そんな状態の男を、軍務に就かせるわけにはいかない。

「君の任を解く」

レトリーは言い渡した。途端に、カベルはさっと青ざめた。

「そんなことは……！」

言葉を詰まらせたのは、激昂《げっこう》したためだ。握った拳《こぶし》が小刻みに震えている。

レトリーは、敢《あ》えて、相手から目を逸らした。嫉妬に駆られ、我を忘れてさえいなければ、カベルは有能な副官だった。彼を失うのは、レトリーにとっても痛手なのだ。

　それでも、ハヴィがディザートを殺したなどという途方もない話を、部下たちの間に広めるわけにはいかない。レトリーは、明かりの届かぬ天幕の隅を見つめながら続けた。

「いや。残念だが、君の考えは常軌を逸している。頭を冷やして……」

　しかしレトリーは、最後まで言い終えることが出来なかった。

　突然、胸に、どんという強い衝撃を受けたのだ。見下ろした彼は、自分の身体から短剣が生えているのを発見して、愕然《がくぜん》とした。咄嗟に彼は、その短剣の柄《つか》に手を掛けた。とにかく、抜かなければならないと思ったのだ。

　それが、彼の取った、最後の行動になった。

　レトリーがゆっくりと両膝をつき、地面に前のめりに倒れる様を、カベルは、肩で息をしながら見守っていた。興奮が全身を駆け巡り、動くことさえ出来ない。上官の身体が痙攣《けいれん》し、そしてゆっくりと弛《し》緩《かん》していく間、カベルはただ立ち尽くしていた。

　彼が再びものを考えられるようになるまで、さらにしばらくの時間がかかった。

　死んで横たわる老人を、カベルは見下ろした。彼が、自分の短剣で刺し殺したのだ。無我夢中のことで、今では、それが正しかったのかどうかすら判らない。だが、やってしまった。この事実は変えられない。

　しかし、自分の手には、血が付いていない。

　それは、奇妙なことに思えた。カベルは松明《たいまつ》の明かりに手をかざして調べたが、自分が殺人を犯したという証《あかし》は見当たらなかった。短剣は真っ直ぐに心臓に刺さったが、傷口からは、殆ど血が流れていない。凶器に堰《せ》き止《と》められているのだ。

　カベルの心臓は、次第に落ち着きを取り戻してきた。天幕の中で、死体と二人きりだったが、恐ろしさは感じない。ゆっくりと、状況について考える。

レトリーは死に、ディザートも姿を消した。ハヴィはバンダル・アード＝ケナードとともにこの陣営を離れている。現在、この部隊にいて最も地位が高いのは、他ならぬ自分だ。

カベルは、その考えに取り付かれた。

自分は、レトリーよりも優れた司令官になれると、彼は常々そう考えていた。レトリーは保身ばかりに気を使う、ぼんくらな老人だった。守りを固めることばかりに熱心で、目覚ましい功績を上げて注目されたことなど、一度もない。

自分のほうが、うまくやれる。バンダル・アード＝ケナードのジア・シャリースに勝《まさ》るのは難しいかもしれないが、レトリーに勝るのは簡単なはずだ。

カベルは天幕を出た。入口に立つ護衛はカベルに目を向けたが、中で何が起こったかについては、気付いていない様子だった。

「レトリー司令官が自殺した」

カベルの言葉に、護衛の兵士は目を丸くした。

「……え？」

俄《にわ》かには意味が呑み込めぬ顔つきである。カベルは繰り返した。

「レトリー司令官は自殺した。短剣で胸を突いた。人手を集めろ。遺体を運び出す」

「……は？」

「さっさと行け！」

怒鳴《どな》られて、兵士はようやく動き出した。半信半疑の顔だったが、死体を見れば、嫌でも信じることになる。

天幕の周囲には、ざわめきが広がっている。ただならぬ異変が起こったということだけは、まるで風に乗っているかのように、陣営の隅々にまで伝わっていった。天幕周囲にいた数人の兵士がすぐに集まり、カベルは彼らを中に入れた。

レトリーの死体を前に、兵士たちは沈黙した。

レトリーは、兵士たちから、熱狂的に慕われていたわけではない。だが、彼は経験のある司令官で、これまでのところ、順調に作戦を進めてきている。情緒不安定だったこともない。突然自殺したなどと言われたところで、納得出来るはずもない。

だが、横たわるレトリーは確かに、自分で短剣を摑んでいる。副官であったカベルは、沈痛な面持ちだ。

「レトリー司令官は、将来を悲観していた」

彼は、司令官の死体に手を触れかねている兵士たちにそう言った。

「実に残念な出来事だ。だが、これからは、私が指揮を執《と》る」

兵士たちは顔を見合わせた。

誰しもが、胸の中に疑念を抱えていた。だが、それを口にする者は一人もいなかった。この状況で、一介の兵士が、カベルに逆らうことは出来ない。

レトリーが死体となった今、彼らには新しい司令官が必要だった。カベルは血統もよく、軍歴も長い。おまけに、彼らは明日にも、ガルヴァ軍に相対さなければならないことになっている。カベルの言葉を鵜呑《うの》みにして戦いに臨むか、あるいは、逃亡して反逆罪に問われるか、兵士たちにとって、選択肢は、その二つしかなかった。

レトリーの死体は、白い布に包《くる》まれて、天幕の外へと運び出された。

司令官の天幕は、カベルのものとなった。

夜半には、川の水位も少しずつ下がり始めた。

増水した川の唸りも、今は殆ど聞こえない。家の中には火が焚《た》かれ、暖かな赤い光が、木で出来た粗末な部屋に、濃い陰影を作っていた。住人の立てる鼾《いびき》が、規則正しく響いている。彼らは、家の中二階にあるベッドで眠っている。川沿いの集落には、他にも数軒の家が寄り添うように建っていたが、他の家の住民たちも、寝静まっているようだ。

家の一階は大きな一間で、小さな炎は、その中央の炉で焚かれている。マドゥ＝アリは、その火の前にうずくまるように座り、外の様子にじっと耳を傾けていた。女たちとタッドは、部屋の隅に置かれた急拵《きゅうごしら》えの寝床に横たわり、エルディルはその側で丸くなっている。

彼らが姿を見せたとき、この家の住人は、露骨に嫌な顔をした。エンレイズ軍とガルヴォ軍が、川を挟んで睨み合っていることで、彼らは既に、少なからぬ迷惑を被《こうむ》っていたのだ。その上、顔に刺青をした異国の男と、白い狼の組み合わせは、住人たちの警戒心を掻き立てるに十分だった。

女たちを休ませたいだけで、しかもそのうち一人は妊婦であると、タッドがそう説明しても、住人たちの態度は変わらなかった。しかしマドゥ＝アリが金貨を一枚渡すと、その渋面《じゅうめん》はたちどころに消えた。さらに一枚が追加されると、全員が、温かな食事と寝床を提供されることになった。

食事とともに、彼らにとっては重要な情報も供された。

昼間、この近くで小競《こぜ》り合《あ》いがあったと、主人は言った。生きた兵士や死んだ兵士が、川を流れ過ぎて行ったという。そしてその後、エンレイズの傭兵二人が彼らの集落に現れ、古い舟を一艘買って、怪我人を一人、川下へ運んでいったのだ。

「あんたらとおんなじ軍服を着てたよ」

主人はそう言って、タッドとマドゥ＝アリを指した。

「肩のところに刺繍《ししゅう》があって、そういう色のマントを着てた」

「怪我人も？」

タッドの問いに、主人はかぶりを振った。

「いや。怪我人のほうは、正規軍の、紺色の服を着てた。しかしありゃあ、助からないんじゃないかね。えらい血が出てた」

「それで、傭兵は二人とも、舟に乗って行ったのか？」

「怪我人を担いできたでっかい御仁《ごじん》は、川上に向かった」

手振りで、その男がいかに大きかったかを示してみせる。タッドは唇の端を上げた。

「それはきっと、ノールだな」

ノールが川上に向かったのなら、そこにバンダル・アード＝ケナードがいたのだろう。匂いを辿ったエルディルが、川上の地点で立ち往生した事実とも矛盾《むじゅん》しない。

タッドとマドゥ＝アリは、一瞬だけ目を見交わした。

バンダル・アード＝ケナードがどんな任についているにせよ、女たちの安全を考えれば、今は、合流しようなどとは考えないほうがいい。エンレイズ軍とガルヴォ軍は、一触即発の状態にある。バンダル・アード＝ケナードは、間違いなく、最前線にいるはずだ。

マドゥ＝アリは、最初の不寝番を引き受けた。


時折炉の中に薪《たきぎ》を足してやりながら、彼はじっと、炎を見ていた。炉辺は暖かく、居心地がいい。

微かな衣擦《きぬず》れの音を聞いて、彼は顔を上げた。金髪が、炎の明かりを受けて、自ら光を発しているかのように輝いている。ヴェルマは腹を片手で撫でながら、足音を忍ばせて火の側にやって来た。火を挟んで、マドゥ＝アリの向かいに腰を下ろす。

「眠れなくて」

マドゥ＝アリの緑色の眼差《まなざ》しを受けて、ヴェルマは肩をすくめた。訊《き》かれてはいなかったが、そもそもマドゥ＝アリがそんなことを尋ねたりしないことは、短い付き合いでも判っている。

「ここは、私が代わりましょうか？　あなたも少しは寝たほうがいいわ。私は昼間寝たから大丈夫。それに、エルディルを観察しておけば安心よね。彼女は私たちより、耳も鼻《はな》もいいし」

寝ている者たちを憚《はばか》って、小声で囁《ささや》く。それに対し、マドゥ＝アリも低い声で応じた。

「……あなたは、寝床に戻っていたほうがいい」

取り付く島もない口調だった。ヴェルマはゆっくりと片眉を吊り上げてみせた。

「妊婦は別に、壊れ物じゃないのよ」

しかし、マドゥ＝アリはただ静かに、彼女を見返した。

「あなたは雇い主だ」

「なら、言うことを聞きなさいよ」

威圧的な物言いにも、マドゥ＝アリは屈しない。

「隊長は、あなたを守れと言った」

淡々とそう告げる。ヴェルマは溜息を吐いた。マドゥ＝アリは、彼女の知っている、どんな男とも違っていた。それは、見かけや、出身地の問題ではない。エマーラの店で、彼女は、異国から来た男たちも大勢見てきたが、マドゥ＝アリは、そのどれとも違っている。

マドゥ＝アリは確かに、剣に関しては群を抜く腕の持ち主だったが、その代わりに、何か大事なものが欠けているのだ。

そのために、ヴェルマは、彼を恐ろしいとは思わなかった。サリアは、彼のことを少しばかり不気味に思っているが、ヴェルマは何故か、彼に対して、哀れみにも似た気持ちを抱くのだ。

マドゥ＝アリは目を引く男だが、彼が仲間と親しく話しているのを、ヴェルマは見たことがなかった。彼と真の意味で近付けるのは、エルディルと、そして、あの傭兵隊長だけなのだ。シャリースと離れてから、マドゥ＝アリは、時折、道に迷って途方に暮れた、子供のような目をすることがある。

「……バンダル・アード＝ケナードと離れ離れになって、心細い？」

炎を映す緑色の瞳が、初めて、微かな困惑の色を浮かべた。ヴェルマは微笑した。

「私は大丈夫なのよ。ディザートのことは……ああなんなことになるとは思いもしなかったし、ああなって良かったとも思わないけど、とにかく、あの男が、私や家族に何かする心配はなくなったもの。でも、サリアについては何が起こっているのかまるで判らないし――あなたが辛そうにしてるのも気になるわ」

「……」

マドゥ＝アリは返事をしなかったが、ヴェルマも、それを期待してはいなかった。彼が、必要最低限のことしか話さないのは知っている。ときには、それすら引き出すのが難しい。彼を相手にするこつは、とにかく自分が話し続けることだと、彼女は心得ていた。

火の上に手をかざし、ヴェルマは言葉を継ぐ。

「もうすぐ母親になるからかしらね。今まではどうでも良かったことまで気になり始めるのよ。余計な世話を焼いちゃうのね。あなたは、どこの生まれなの？」

「ずっと南だ」

ようやく、短い答えが返る。ヴェルマはうなずいた。

「ご両親はそこにいるの？」

マドゥ＝アリはゆっくりと目を瞬いた。

「……判らない」

「判らない？」

「母とは、四歳のときに引き離された。父は、誰だったのか知らない」

「……」

ヴェルマはじっと、マドゥ＝アリの、半分を刺青に覆われた顔を見つめた。

マドゥ＝アリは、それがまるで当たり前のことだったかのように話す。しかしヴェルマは、自分が、安易に立ち入ってはならぬ場所に踏み込んでしまったのを悟った。

同時に、閹雲な同情心が湧き起こる。詳しい事情を聞くまでもない。マドゥ＝アリは、不幸な子供時代を送った。そして今でも、そこから抜け出せずにいるようだった。

両膝を抱えて、ヴェルマは緑色の瞳を覗《のぞ》き込《こ》んだ。

「……きっと、あなたのお母様は、美しい人だったに違いないわ」

マドゥ＝アリは微かに首を傾げた。

「よく覚えていない」

「そう？　でも私には判るわ。確かよ」

「……」

「他に家族は？」

一瞬だけ、マドゥ＝アリは言い淀《よど》んだ。

「今は――バンダル・アード＝ケナードが家族だ」

どこか嚙み締めるようにそう口にする。ヴェルマはうなずいた。

「そうなの。それじゃあ、寂しいわね」

「……」

マドゥ＝アリは答えず、その表情にもさしたる変化はない。だがその心は、ヴェルマにも、手に取るように感じられる気がした。

二人は黙って、躍る炎を眺めた。

7

バンダル・アード＝ケナードは、低い丘の上に這《は》いつくばって、ガルヴァ軍の陣営を眺めていた。

ここに至るまで、待ち伏せの類《たぐい》もなければ、敵の見張りに見付かることもなかった。途中にあった小さな橋にはガルヴァの見張りが付いていたが、少し迂回《うかい》しただけで済んだ。はるか上流から奇襲を掛けにきたエンレイズ兵に対し、ガルヴァ軍は、殆《ほとん》ど無防備といっていい状態だった。

川沿いを進んで、バンダル・アード＝ケナードは、予定通り、所定の位置に付いた。

そして、彼らは愕然《がくぜん》とすることになった。事態は、予定とはまったく別の方向へ進んでいたのである。

大きな橋を挟んで、対岸にはエンレイズ軍がいる。当初の予定では、エンレイズの本隊は、ハヴィとバンダル・アード＝ケナードがガルヴァ軍に奇襲を掛けてから動き始めるはずだった。うまい奇襲を仕掛けたければ、各隊が息を合わせなければならない。そのために、シャリースとハヴィは、レトリーと、綿密な打ち合わせをした。

ところが、橋は既に、エンレイズ兵たちの血に濡《ぬ》れている。

川のこちら側にも、紺色の軍服を着た兵士の死体が点々と転がっていた。何の手違いがあったものか、エンレイズ軍は味方の奇襲を待たずに、川を渡ってガルヴォ軍に襲いかかったらしい。敵からの攻撃があったのか、それとも、味方の兵士が逸《はや》ったのか、それは、推測するしかない。

どちらにせよ、結果は惨憺《さんたん》たるものだった。

シャリースは目を眇《すが》めて、戦場の様子を観察した。無謀な攻撃の結果、エンレイズ軍は手痛い打撃を被《こうむ》ったようだが、一方、ガルヴォ軍のほうは、さしたる被害を受けていない。つまり、兵士の頭数の差が開いてしまったということだ。兵士たちの士気については、考えるまでもない。ガルヴォ軍が、弱った敵に止《とど》めを刺しに行かないのが、いっそ不思議に思える状況だが、恐らく、北から接近中だという、援軍の到着を待っているのだろう。

それならばこちらは、その援軍が来る前に行動を起こさなければならない。

ハヴィはシャリースの隣で、無言だった。目を見開いて、味方の死体を見つめている。悲痛な色が、その瞳に宿っている。

シャリースを挟んで反対側では、ダルウィンが、重ねた両手の上に顎《あご》を乗せている。

「……話が少しばかり違うようだな」

のんびりとした口調だが、その眼差《まなざ》しは険しい。

シャリースはハヴィへと目を向けた。

「レトリー司令官は、そんなに気の短い男だったか？」

「いや」

ハヴィの返事に、迷いはない。

「むしろ、その逆だ。こっちがやきもきするくらい、慎重な人だ」

そして彼は、後ろにいた部下を振り返った。

「……どう思う？」

「――おかしいですな」

　ラシェックは低い声で応じた。レトリーとの付き合いは、ハヴィよりも彼のほうがずっと長い。

「レトリー司令官が、自ら攻撃を仕掛けたとは思えません」

　昨日、オレフが瀕死《ひんし》の重傷を負って舟で運ばれてから、ラシェックの口数は極端に減っていた。何かといえば、ハヴィに対する当《あ》て擦《こす》りを聞こえよがしに話していたのが、嘘《うそ》のようだ。

　シャリースはその変化を観察していた。もちろん、仲間だったオレフが目の前で倒れたという事実が、彼の心にのしかかっているのは間違いない。しかし同時に、ハヴィが必死でオレフを助けようとした姿が、彼の目に焼き付いているのかもしれない。今のラシェックの口調からは、少なくとも、ハヴィに対する嘲《あざけ》りは消え去っている。

　だが、本人たちは、それに気付いていない様子だ。

　シャリースも顔には出さず、対岸に視線を戻した。

「――ということは、何か不測の事態が起こったようだな」

　もしかしたらそれは、自分たちのせいかもしれないと、彼は頭の隅で考えた。他に方法がなかったとはいえ、敵の奇襲部隊を川に突き落としたのは事実だ。彼らの生死は定かではないが、川下にいた両軍を警戒させてしまったであろうことは、想像に難くない。

「どうしちまったんすかね」

　もっとよく見えるようにと、チェイスが匍匐《ほふく》前進でダルウィンの横にやってくる。ダルウィンは若者に向かって、わざとらしいにこやかさで話しかけた。

「おまえ、ちょっとあそこのガルヴォ軍のところに行って、何があったのか訊《き》いてこいよ」

　対するチェイスも、負けずに笑顔だ。

「ガルヴォ語、判《はん》ないす」

　ダルウィンが鼻を鳴らす。

「だと思ったよ」

「……どうする？」

ハヴィが不安げに、傭兵《ようへい》隊長に尋ねる。

シャリースは溜息《ためいき》を吐《つ》いた。

「見たところ、俺たちの計画はお流れになったようだ。それなら、ここでぐずぐずしててもしょうがねえな。一度、本隊に戻ろう」

「また川を渡るのか？」

シャリースは肩をすくめた。

「空を飛んで行ったっていいぜ。出来るのならな」


彼らは元来た道を急ぎ足で戻った。

見張りのいる橋は使えない。川の流れは穏やかだったが、泳いで渡るわけにもいかない。やはり、前日に川を渡った地点にまで戻らなければならない。

だが、ノールが立ち止まった。

バンダル・アード＝ケナード一の巨漢は、突然足を止めて、周囲の者をまごつかせた。本人はそれに構わず、川の中ほどにじっと目を凝《こ》らしている。

「隊長」

ノールが指したほうを、シャリースも見やった。

一艘の舟が流れに浮かび、漁師が一人、網を投げ入れようとしている。

「昨日、怪我人《けがにん》を運んだときに、あの男に会った。あの集落に住んでる男だ」

シャリースの問いに、ノールは眉《まゆ》を上げた。

「友好的に別れたか？」

「そう思うよ」

シャリースはうなずいた。

「よし、呼んでみてくれ」

「おーい！」

ノールの声に、漁師は顔を上げた。兵士たちの姿を目にして、顔をしかめる。だがノールを覚えていたらしく、彼が手招きをすると、用心深く、舟を彼らのいる岸に寄せた。

「邪魔して悪いな」

相手が警戒心を抱く前に、シャリースは陽気に声を掛けた。

「ちょっと話を聞かせてもらえないかと思ってね」

予期していた質問だったのだろう。漁師は軽く肩をすくめた。

「昨日のひと騒ぎの後、ガルヴォ軍の奴らが、死体を調べに来てたよ」

器用に櫂《かい》を操って舟をその場に留めながら、彼は、現場である対岸を顎で指した。

「舟で渡ってきたらしいが、昨日雨が降っただろ？　流れが激しくなってきたんで、早々に引き上げてった。それから、あんたんところのお仲間が、俺たちのところにいる」

「……」

あっさりと付け加えられた言葉に、シャリースは思わず、まじまじと相手の顔を見つめた。肋骨《ろっこつ》の中で、心臓が大きく跳ね上がった気がする。

「――お仲間？」

聞き返すと、漁師は怪訝《けげん》そうな顔つきになった。

「あんたらの仲間だろう？　そういう黒い軍服に、そんな緑色のマントを着けてた。若い女二人連れで、白い獣《けもの》がくっついてる」

傭兵たちの間から、低いどよめきが上がる。漁師の説明は簡潔で、かつ、誤解のしようもないほど的確だった。間違いない。

「全員無事か？」

長身の傭兵隊長の切羽詰まった問いに、漁師は眉を寄せる。

「ああ――着いたときには全員、雨に降られてずぶ濡れだったが、別に怪我してるふうではなかったよ」

シャリースは笑みを浮かべた。

「今、俺があんたにどんなに感謝してるかを知ったら、きっとあんたは肝《きも》を潰《つぶ》すぜ」

「へえ？」

少しばかり胡散《うさん》臭げな顔つきで、漁師は彼を見やった。だが、自分のもたらした情報に傭兵たちが喜んだのを目にして、悪い気はしなかったらしい。

そこを、傭兵隊長に付け込まれてしまった。

「なあ、俺たち全員を舟で向こう岸に渡すのに、幾ら払えばいい？」

いきなりそう尋ねられ、漁師はしばしの間、無言のままシャリースを見つめていた。相手が何を言い出したのか、咄嗟《とっさ》に理解できなかったのだ。

ようやく質問の意味を理解すると、漁師は及び腰になった。居並ぶ兵士の群れを、嫌なものでも見るような目で見やる。

「……えらい手間だよ」

「そうだろうな」

シャリースはうなずいた。

「あんた一人じゃ、夜までかかっちまうだろう。出来れば、あんたんところの舟全部を駆り出してもらいたい。それで、幾らだ？」


岸に上がると同時に、白い獣が大喜びでシャリースの胸に突き当たってきた。

一緒に舟に乗ってきたノールが、間一髪で支えてくれなければ、背中から川に落ちていただろう。エルディルはそんなことにはまるで頓着《とんちゃく》せず、シャリースにのしかからんばかりに、その顔を舐《な》めようとしている。

「よう、エルディル」

シャリースは両手で乱暴に頭を撫《な》でてやり、じゃれかかる狼《おおかみ》を押しのけた。白い頭越しに、ヴェルマとサリアの姿が見えた。家の一軒から顔を覗《のぞ》かせた彼女たちは、傭兵隊長の姿を目にして、短い歓声を上げた。薄汚れてはいるが、見たところ元気そうだ。

「どこから現れたの⁉」

ヴェルマが声を張り上げる。

「もしかしたら、二度と会えないんじゃないかって不安になってきてたのよ！」

　彼女たちがシャリースに抱きつかなかったのは、既に、エルディルがその場所を塞《ふさ》いでいたからだろう。シャリースは彼女たちの顔を順に確認した。どちらも、ほっとしたような笑みを浮かべている。

「お互いさまってやつだな」

　なおも飛びついてくるエルディルの耳を摑《つか》みながら、シャリースは肩をすくめた。

「野暮用《やぼよう》で、川の向こうに渡ってたんだ。今、残りの連中も舟で運んでもらうことになってる」

　彼らがつかまえた小さな舟には、漁師の他にシャリースとノールが乗るので手一杯だった。ノールが彼女たちに笑みを向け、漁師と共に集落へ向かう。舟を借り上げる交渉は、ノールに任されている。昨日はうまくいったのだ。今日も問題はないだろう。

　物見高い子供たちが集まり始めていた。彼らを遠巻きにしてじろじろと眺めている。まだ、大きな剣をぶら下げた黒衣の傭兵に近付く勇気を持つ者は出ていない。あるいは、白い狼が、今にも傭兵隊長を食い殺すのではないかと、それを期待しているのかもしれない。

　低い声が、狼を呼んだ。

「エルディル」

　エルディルはくるりと身を翻《ひるがえ》し、直ちに、母親の元へと駆け付けた。シャリースは、こちらにゆっくりと近付いてくるマドゥ＝アリに笑いかけた。マドゥ＝アリは無表情だったが、彼が感情を表に出さないのはいつものことだ。だが、緑色の瞳は、食い入るようにシャリースを見つめている。

「マドゥ＝アリ」

　シャリースは、黙ったままの部下を片手で抱き寄せ、背中を軽く叩いてやった。

「よくやったな」

　腕の中で、マドゥ＝アリが身体を強張らせる。こういうときにどうすればいいのか、彼には未だに判らないのだ。それ以上彼を狼狽《ろうばい》させる前に、シャリースは相手を解放してやった。

マドゥ＝アリを追って出てきたタッドが、ノールと鉢合わせし、ぶつかり合うような抱擁《ほうよう》を交わしている。ずんぐりした髭面《ひげづら》の傭兵は、ノールを離すとシャリースに向かって片腕を振り回した。

「シャリース！　何でここにいる⁉」

「それはこっちの台詞《せりふ》だ」

急ぎ足でやってきた部下に、シャリースは苦笑を向けた。

「ディザートたちの死体を見つけたぜ。何があった？」

集落の漁師たちが次々に舟に乗り込み、対岸の兵士たちをせっせと運んでいる間に、シャリースはタッドから、これまでの経緯を聞き出した。舟がこちらの岸に着くたびに、聴衆は少しずつ増えていった。

サリアが命を狙われているという話は、傭兵たちを困惑させた。


シャリースはまじまじと、背の高い黒髪の少女を見つめた。最初に持ちかけられた話では、彼らが警護するのはあくまでもヴェルマであって、サリアは、その付き添いに過ぎなかったはずだ。だが今では、様相が全く違ってきている。ヴェルマの脅威であったディザートは命を落としたが、サリアを狙う者の意図は不明のままだ。

「本当に、心当たりはないのか？」

「……ないわ」

サリアはかぶりを振った。途方に暮れたような色が、黒い瞳に浮かんでいる。だがシャリースとしても、この問題をうやむやにしておくわけにはいかない。

「店で、客を怒らせたことは？」

サリアは一瞬唇《くちびる》を引き結んだ。

「……まだ、店には出てないの――見習いで」

小さな声で答える。

「だから、怒らせるほどの付き合いがある客は一人もいないわ。せいぜい、飲み物を運んだときにちょっと顔を合わせるくらい……飲み物を客の服にこぼしたこともないし……」

ヴェルマも、その隣で肩をすくめてみせる。シャリースは二人の顔を見比べて、小さく溜息を吐いた。

「……まあ、いい」

サリアもヴェルマも、何かを隠している様子はない。ならば、彼女たちを追及しても時間の無駄だ。

シャリースはサリアに目を向けた。

「それならそれで、しょうがねえな。俺たちの仕事はヴェルマの護衛だが、あんたを一人でほっぽり出したりはしない」

「当然よ」

言い放ったのはヴェルマである。だが彼女は一拍置いて、シャリースにちらりと微笑を向けた。

「……でも、恩に着るわ」

「恩に着てもらうだけの価値があるといいがな」

シャリースは皮肉に唇の端を歪《ゆが》めてみせた。片手で、川の向こう岸を指す。

「あっちにはガルヴァ軍の奴らがうようよしてる。聞いた情報じゃ、北からも増援部隊が詰めかけてるらしい。そんなところを俺たちと一緒にうろついてると、却《かえ》って危険だ。奴らがどこかに行っちまうまで待つか——別の護衛を雇ったほうがいい」

ヴェルマはしかし、迷う素振りすら見せなかった。

「別の護衛を雇い直すような、そんなお金はないわ」

きっぱりと言ってのける。

「それに、あなたたち以上に信頼できる護衛がいるとは思えない」

シャリースは微《かす》かに眉を上げた。僅《わず》かな護衛と共に置き去りにされ、敵に襲われて逃げ回った後だ。雇い主としては、もう懲《こ》り懲《ご》りだと吐き捨てても当然のところだが、彼女はまだ、バンダル・アード＝ケナードを評価してくれているらしい。身に降りかかる脅威が大きすぎるためかもしれない。あるいは、マドゥ＝アリらがいかに有能な兵士かを、目の当《ま》《あ》たりにしたためかもしれない。

雇い主に異存がないのであれば、シャリースとしては、仕事を続行するだけだ。

「判った。俺たちはこれから、エンレイズ軍の本隊に合流する。ディザートが死んだいきさつについては、何も知らないってことにしておいてくれ」

少しばかり緊張した面持ちになったが、女たちはうなずいた。シャリースは、ヴェルマの丸い腹を見下ろした。

「……いや、それより、気分が悪いって、どこかに立《た》て籠《こ》もるほうがいいな。あれこれ詮索されても面倒だ――ハヴィ」

シャリースは若者に視線を向けた。ハヴィはしばらく前に到着し、彼の横で話を聞いていた。その視線が、しなやかな黒髪の少女に釘付けになっていたとしても、シャリースには咎《とが》めるつもりはない。

ハヴィは慌てて、シャリースを見上げた。

「え？」

「彼女たちがゆっくり休める場所を都合できないか」

若者はうなずいた。

「問題ないと思う。何なら、僕の天幕を譲るよ」

「いい子だ」

シャリースの褒《ほ》め言葉に、サリアが小さく笑う。ハヴィは顔を赤らめた。


小さな集落にある舟をすべて動員しても、兵士たちが全員川を渡るのには、昼過ぎまで掛かった。

漁師たちは疲れ果てた顔をしていたが、しかし、不平は出なかった。金貨の煌《きら》めきが、彼らの口を封じたのだ。

シャリースもまた、この取引に満足していた。同じ仕事を大きな町で依頼すれば、恐らく倍の料金を要求されただろう。金貨を見ること自体、めったにないというこの集落の住人たちは、エンレイズ兵士相手の仕事の相場を知らず、傭兵たちも、あえてそれを指摘しなかった。

　ガルヴァ軍に動きがないのを確かめながら、彼らは川沿いを下流に進み、本隊が宿営している場所に戻った。

　対岸から眺めたときと、様子はさほど変わっていない。戦場になった橋とその周囲から、死体が片付けられてはいたが、それだけだ。兵士たちは汚れ、怪我を負い、明らかに意気阻喪《そそう》している。仲間の一隊がバンダル・アード＝ケナードと共に戻ってきたのを見ても、うつろな眼差しを向けるだけだ。傭兵たちの間に若い女が二人もいるというのに、興味を向ける者すらいない有様だった。

「何があった」

　背後から聞こえたラシェックの声に、シャリースは振り返った。

　この隊に長いラシェックは、知り合いを見つけ出したらしい。一人ぽつんと座っていた、中年の兵士だ。

　問われた相手は、地面に座り込んだまま、仲間の顔をぼんやりと見上げた。それから周囲を見回し、戸惑ったように目を瞬《しばた》く。いつの間にか傭兵たちに囲まれていたことに、遅まきながら気付いたらしい。

　ラシェックが辛抱強く繰り返す。

「どうしてこんなことになった。ガルヴァ軍が攻撃を仕掛けてきたのか」

　相手はかぶりを振った。

「いや……夜明けと同時に攻撃命令があって……それで、俺たちは橋を渡ったんだ」

　片手で、仲間の血に濡れた橋を示す。どうやらその攻撃の結果、返り討ちに遭《あ》ったらしい。

　奇襲を掛けるために対岸へ渡った兵士たちは、この返答に思わず沈黙した。そんなことは、そもそも計画にはなかった。川を渡った自分たちに対する、裏切りといってもいい行為だ。

　重苦しい顔つきで、ハヴィが口を開いた。

「レトリー司令官殿はご無事か？」

　兵士は、若い指揮官へ視線を巡らせた。

「司令官は亡くなりました」

　平板な口調で答える。傭兵たちの間から、驚きの声が湧いた。ハヴィが大きく息を吸い込む。

「まさか、御自分で先陣を切られたのか⁉」

　それこそ、彼にとっては信じられない話だった。座り込んだままの兵士は、離れた場所にある司令官の天幕にちらりと視線を投げた。

「いえ、亡くなったのは昨夜です」

　シャリースが横合いから口を挟む。

「彼は病気だったのか？」

「いえ――」

　兵士は一瞬言い淀《よど》んだ。無精髭《ぶしょうひげ》の出た頰《ほお》を、無意識のように片手で擦る。

「……聞いたところでは……自殺されたと……」

「馬鹿な！」

　ハヴィが声を上げた。相手は黙って、若者を見返した。口をきかずとも、彼が若い指揮官同様、これを馬鹿げた話だと考えていることは窺《うかが》えた。

　戻ってきたばかりの若い指揮官を、打ちのめされた兵士たちが、遠巻きにじっと見つめている。縋《すが》るような眼差しだ。ハヴィも、彼らを見返した。明らかに、何か、おかしなことが起こっている。それは、この場の雰囲気から十分伝わってくる。

　兵士たちの間を縫《ぬ》うようにして、逞《たくま》しい身体つきの黒衣の傭兵が、彼らのほうへやってきた。

　それは、怪我人を舟に乗せて、先にこの場所へ着いていたサイだった。彼は、挨拶《あいさつ》代わりに仲間たちと目を見交わし、それから、シャリースに近付いた。

「……あの兵士は、ここに着く前に、息をしなくなっちまったよ」

　低い声でそう報告する。シャリースはうなずいた。

「判った。ご苦労だったな」

それ自体は、驚くような知らせではない。だが、ハヴィははっとして、サイに目を向けた。

「……今は、どこに?」

サイは顎で、宿営地の先を指した。

「死人はあっちに置かれてる」

「そうか……ありがとう」

悄然《しょうぜん》と呟《つぶや》きながら、ハヴィはそちらに視線を投げる。その反応に、サイが、困ったような目でシャリースを見やる。

シャリースにはしかし、ハヴィの悲しみよりも、もっと重要なことがある。

「それで、今は誰がここの指揮を執《と》ってるんだ?」

この問いに、サイは首を僅かに傾けた。

「確か、カベルとかいう奴だ」

シャリースは眉を寄せた。その男とは、レトリーの天幕の側《そば》で会った。辛《かろ》うじてそれだけは思い出したが、しかしそれ以上のことは全く知らない。

「今朝出されたっていう攻撃命令も、奴の考えか?」

「多分な」

サイはいい加減にうなずいた。シャリースは部下を見下ろした。

「おまえはそれを止めなかったのか?」

「何で俺が?」

シャリースの言葉に、サイが、本気で驚いている顔になる。

「俺はただの傭兵だぜ。傭兵隊長ですらない。そもそも、俺なんかがのこのこ出向いたって、会えやしなかっただろうよ。奴《やっこ》さん、ずっと天幕に籠ってやがる」

シャリースは溜息を吐いた。

「そいつと話をつけなきゃならんようだな」

そう宣言した傭兵隊長を、ハヴィが途方に暮れたような眼差しで見上げる。

「シャリース……」

「レトリーは死んだ——俺たちへの支払いもせずに

な」

シャリースは若者に言い聞かせた。

「だが、ガルヴァ軍との睨《にら》み合《あ》いは、相変わらず続いてる。こういう場合、俺たちは、新しい司令官に、雇用を継続する気があるかどうかを訊きに行くことになってる」

「……！」

殴られたように、ハヴィは立ちすくんだ。

カベルが自分に、あまりいい感情を抱いていないのは、ハヴィも承知している。軍隊ではよくある、嫉妬と、対抗意識だ。時には、それが命取りになって失脚する者もいる。

もしカベルがバンダル・アード＝ケナードを雇ったら、それが、自分の足場を崩すことになるかもしれないと、ハヴィはそう思った。カベルが司令官になっている現状で、ハヴィには、身を守る術《すべ》が思い浮かばない。

傭兵隊長の青灰色《せいかいしょく》の瞳が、微かな笑みを浮かべた。

「どうする、ハヴィ？　俺たちを雇いたいか？　おまえとは長い付き合いだから、特別に優先してやってもいい。せっかく立てた作戦を無視して自滅する司令官より、おまえのほうが扱いやすいからな」

からかうように口元を上げ、それから、傭兵たちの間にいる二人の女を目で指す。

「――もちろん、彼女たちが最優先なのは、言うまでもないが」

「雇うよ！」

勢い込んだハヴィの返事に、シャリースは笑った。

「よし、じゃあ、新しい司令官殿のところに、戦争のやり方ってものを教えに行くとするか」

彼らは、かつてレトリーが使っていた大きな天幕へ出向いた。

バンダル・アード＝ケナードの面々はもちろん、ハヴィの部下たちも、ぞろぞろとその後に続いた。

解散を言い渡されなかったからというより、ことの成り行きに興味があったからだ。それに、今朝の戦いに敗れて意気消沈している仲間たちの中に交じってみたところで、気が休まるとは思えない。

司令官の天幕の周りは、警護の兵に取り巻かれていた。

レトリーがそこの主《あるじ》だったときには、警護の兵は一人か、せいぜい二人しかいなかった。だが今は、十人近い兵が、天幕を取り囲んでいる。

もちろん、敗戦直後ということもあるだろうが、それにしても異常な光景だと、シャリースは思った。新しく司令官になったカベルは、よほどの臆病者《おくびょうもの》か、あるいは己《おの》が身に起こった情況の変化に、神経過敏になっているらしい。

近付いてくるハヴィの姿に気付き、警護の兵士たちの間に、不穏な空気が漂《ただよ》った。ある者は敵意を剝《む》き出《だ》しに、そして別のある者は、困惑したような顔で、かつてレトリーの副官だった若者を見ている。だが、たとえ形式上であっても、彼に誰何《すいか》する兵士はいない。


入口の側にいた兵士の視線を、ハヴィは捉えた。

「カベル殿に、僕が来たと伝えてくれ」

相手はうなずき、後ろに控えている傭兵たちにちらりと目をやってから、天幕の中へと入って行った。

「ハヴィ殿です」

中からそう告げる兵士の声が聞こえる。返事はくぐもっていて、外にいる者たちの耳には届かなかった。さらに小さなやり取りが続く間、到着したばかりの兵士たちは、その場でじっと待っていた。

ようやく、先刻の兵士が外に出てきた。そして、カベルもその後に続いて姿を現す。

がっしりとした背の低い司令官は、怒り、憔悴《しょうすい》しているように見えた。憎々しげな眼差しがハヴィに向けられたが、そのこと自体は、ハヴィにとっては意外ではなかった。新参者のハヴィを、カベルが温かな目で見たことなど一度もない。

だが、カベルの口から発せられた一言は、ハヴィを驚かせた。

「よくものこのこと顔を出せたものだな」

ハヴィはしばしの間、新しい司令官の顔をまじろぎもせず見つめていた。カベルも目を逸《そ》らさない。

ようやくハヴィは口を開いた。

「何を言っているのか判らないな、カベル殿」

「おまえの企《たくら》みは判っている！」

突然、カベルはそう怒鳴《どな》った。長身の傭兵隊長に向かって、人差し指を突きつける。

「そいつらを使って、ディザート殿を殺したんだ！　次は私を殺すつもりか！」

この告発に、陣営のそこここから小さなざわめきが起こった。

天幕の警護をしていた兵士たちは、しかし静かだ。彼らは既に、カベルの見解を聞かされていたのだろう。信じている者もいれば、疑念を抱いている者もいるようだが、とにかく彼らは、ハヴィや傭兵たちがカベルに剣を向ければ、即座に応戦できるように身構えている。

しかし、ハヴィも、そして傭兵たちも、啞然《あぜん》としてカベルを見返していた。いきなり、思いもよらぬ濡れ衣を着せられ、咄嗟には言葉も出ない。

「……え？」

ハヴィが小さく訊き返す。

「カベル殿、今、何と……」

「とぼけるのはやめろ！」

カベルが一喝する。ハヴィは真っ向から相手の目を見据《みす》えた。

「僕はとぼけてなどいない。何か誤解があるようだ、カベル殿。僕は、ディザート殿を殺したりはしていない。何で僕が、彼を殺そうなどと考えるはずがある？」

「ディザート殿が、出世の邪魔だったんだろう」

だが、カベルの声は確信に満ちている。

「彼の死体を見つけたのは、バンダル・アード＝ケナードだ――おまえの馴染《なじ》みのな。こんな都合のいい話があるか⁉　バンダル・アード＝ケナードが、おまえに頼まれて、ディザート殿に手を下したんだ！」

「そんなことはしていない！　大体……」

ハヴィは声を荒らげたが、そこではたと口を噤《つぐ》んだ。

「……今朝、あなたが川向こうへの攻撃命令を掛けたのは、僕とバンダル・アード＝ケナードを戦いから排除するためか？　僕らがどさくさ紛《まぎ》れに、あなたを殺すとでも思ってたのか？」

言葉を切り、そして、唸《うな》るように問い質《ただ》す。

「……そのために、多くの兵士を無駄死にさせたのか？」

カベルの返事は無かったが、その顔に浮かんだ表情は、ハヴィの推測が正しかったことを認めていた。

このやりとりを聞きながら、シャリースは内心で溜息を吐いた。

カベルの主張は、思い込みに過ぎない。単なる被害妄想だ。当事者であるシャリースは、それを知っている。

しかし言われてみれば、自分たちがディザートを殺したと、そう憶測されても仕方のない状況であったことは、彼にも否定できない。もし立場が違えば、彼も、同じような疑いを抱いたかもしれない。事実、野次馬たちがこちらを見る表情には、迷いが混じり始めている。

自分が下手《へた》に口を挟めば、ハヴィの立場をさらに悪化させかねない。もちろん、ディザートとヴェルマのことについて、こんなところで真実をぶちまけるわけにもいかない。ましてや、ディザートが、サリアに向けられた攻撃の巻き添えになって死んだなどということは、絶対に漏《も》らすわけにはいかない。

視線の先で、サリアが口を開きかけたのが見えたが、シャリースはひと睨みで少女を黙らせた。たとえ真実がハヴィの身を守ったとしても、今度は、ヴェルマやサリアの身が危うくなる。それは、避けなければならない事態だ。

考えあぐねていたシャリースの後ろから、カベルに向かって声が掛かった。

「あんたは頭がおかしい」

その声は大きくはなかったが、しんとした天幕の周囲にはよく通った。誰もが一斉に、声の主を振り返る。

ハヴィの部下で、古参のラシェックが、ゆっくりとカベルに近付いていく。

「ハヴィ殿が、そんなことをするはずがない。そんなことは誰でも知っている。そもそも、レトリー司令官が自殺したって話からして変だ。俺は、彼を昔から知っている。彼が自殺なんかするはずはない」

あくまでも淡々と、ラシェックは指摘する。古参の兵士の鋭い眼差しは、じっと、新しい司令官に注《そそ》がれている。

「彼が死んだとき、あんたは一体どこにいた？」

ラシェックの問いは、カベルの心臓を鷲《わし》掴《づか》みにしたかのようだった。


カベルの顔色がみるみる青ざめていくのを、シャリースは見て取った。その様子に、事の真相が見えたと思った。カベルの態度は明らかに普通ではない。後ろ暗いことがあると、人は、そういう態度になるものだ。

兵士たちの中にも、シャリースと同じ結論に達した者がいたらしい。そうでなくとも、古参の兵士がハヴィを擁護し、カベルを糾弾《きゅうだん》したことで、疑惑の種がばらまかれた。そこここで小さな囁《ささや》きが交わされる。全員が、ラシェックの問いの答えを待っている。

やがて、司令官の護衛の一人が口を開いた。ハヴィとそう年も変わらぬ、まだ少年のような兵士だった。

「レトリー司令官が亡くなったとき、カベル殿が側にいました」

剣の刃のような目で、カベルがそららを睨み据える。しかし一度こぼれた言葉を、なかったことにする術はない。

シャリースは若い兵士へ、力付けるようにうなずきかけた。

「レトリー司令官の死体はどこだ?」

相手は天幕の裏手を指した。

「あちらに安置してあります」

「よし、見せてもらおう」

歩き出しかけたシャリースに、カベルが拳《こぶし》を戦慄《わなな》かせる。

「そんなことは……!」

許さないと言おうとしたのだろうが、シャリースは冷たい一瞥《いちべつ》と共に、その言葉を遮《さえぎ》った。

「いいか、レトリーは俺たちを雇った。俺たちには、雇い主が本当に死んだのかどうかを確かめる権利がある。邪魔をしないでもらおうか」

「……」

黒衣の傭兵たちが、シャリースを取り囲むように一歩近寄る。周囲にいる者全員に、脅《おど》しつけるような視線を向ける。シャリースの前に進み出た白い狼が、カベルに向かって、長い牙を剝《む》き出《だ》してみせた。カベルは凍《こお》りついたようにエルディルを見た。彼女は、どんな屈強な傭兵よりも、相手の恐怖心を掻《か》き立《た》てることが出来るのだ。

「この際、あんたにも付き合ってもらうとするか」

シャリースは意地の悪い口調でカベルを誘った。

「あんたにとっても、大事なことだろうからな」

メイスレイがさりげなくカベルの後ろに立ち、その背中を押した。手つきは優しかったが、そこには断固たる力がこもっている。カベルはようやくエルディルから視線を引《ひ》き剝《は》がし、ぎくしゃくと歩き始めた。司令官を護衛している兵の中にも、それを止める者は誰もいない。

先刻の少年のような兵士に案内されて、彼らはぞろぞろと、天幕の裏へ回った。

レトリーの死体は、シーツに包《くる》まれて、荷車に乗せられていた。シャリースは部下たちに手伝わせて、シーツを解いた。ハヴィは傍《かたわ》らでじっと、その様子を見つめている。カベルもまた、逃げることも出来ずに立ち尽くしている。

レトリーの死体は清められ、綻《ほころ》び一つない軍服を着せられていた。その白い死に顔を見下ろして、シャリースはおもむろに、死体の服を開いた。心臓の上に、細長い傷が口を開けている。短剣の傷だ。

シャリースは若い兵士を振り返った。

「司令官は自殺したって話だが、そうなると、胸に短剣を突き立ててたってことか？」

「はい」

答えた兵士の視線は、レトリーの死に顔に釘付けになっている。シャリースは片手を振って、相手の注意を引いた。

「じゃあ、刺さってた短剣はどうした？」

兵士は弾《はじ》かれたように顔を上げた。

「え……と、俺が抜いて、遺族に送るための荷物の中に入れました」

カベルが息を呑《の》む音が聞こえた。シャリースの胸の内にあった疑惑は、それで確信に変わった。

シャリースは兵士に顎をしゃくってみせた。

「悪いがそいつを、ここに持ってきてくれ」

死体の周りには、好奇心を刺激された兵士たちが集まり始めている。若い兵士は、彼らの間を掻き分けるようにして走って行き、間もなく、ひと振りの短剣を持って戻ってきた。シャリースは手を伸ばしてそれを受け取った。

「これか？」

「そうです」

少しばかり息を切らしながら、兵士がうなずく。シャリースは短剣を、鞘《さや》から抜いて眺めた。刃からは、ぞんざいに血が拭《ぬぐ》われている。

そして、兵士に目を戻す。

「これは、本当にレトリー司令官の短剣か？」

相手はきょとんとして、長身の傭兵隊長を見上げた。

「違うんですか?」

シャリースは片眉を上げた。

「俺には、違うように見えるね」

傭兵隊長の証言に、周囲からどよめきが起こった。ハヴィをはじめ、皆が、レトリーの命を奪った短剣に注目している。

カベルのほうへ、シャリースは素早く視線を投げた。カベルはぎこちない手付きで、自分の腰にある短剣を探っていた。人の目から隠そうとしているようだ。

シャリースはぐるりと身体を回して、カベルを真っ向から見下ろした。

「俺はレトリーと会ったとき、彼の短剣を見た。おまえさんが今そこに持っている奴とそっくりだったよ。どういうことなんだ?」

「これは……!」

「あんたが自分の短剣でレトリー司令官を殺して、彼の短剣を奪ったんじゃないのか?」

カベルの目が、今にも飛び出しそうに大きく見開かれる。見物していた兵士たちも、固唾《かたず》を飲んでその様子を見守っている。

ハヴィが口を開きかけ、そして、シャリースを見上げた。シャリースは若者にうなずいた。

ハヴィは自分の部下たちを振り返った。

「カベル殿を拘束しろ。彼には、レトリー司令官を殺害した容疑が掛かっている。この逮捕をもって、カベル殿の任は今解かれる」

ゆっくりと、軍規通りに宣言する。

カベルは怒りの声を上げた。何を言ったのか、聞き取れた者はいない。だが、彼が剣に手を掛けた瞬間、メイスレイがその腕を摑み、もう一方の手を、別の傭兵が摑んだ。もし足を蹴《け》り上《あ》げていたら、その足は、エルディルに嚙《か》み千切られていたかもしれない。

カベルは正規軍の兵士たちによって、その場から引きずられていった。周囲には、大勢の兵士たちがいた。

「人殺しめ……！」

誰かが、吐き捨てるように言った。

それを皮切りに、任を解かれた司令官へ、次々に罵声《ばせい》が浴びせられる。レトリー司令官の件は、これから軍上層部が調査を行い、裁判が行われる。有罪が決まっているわけでもない。だが、この男の無謀な命令のために、多くの戦友が死んだことに、兵士たちは憤《いきどお》りを感じている。

それを見送って、ハヴィは改めてシャリースを見やった。

「助かったよ」

辺りを憚《はばか》り、声を落として囁く。

「でも、短剣なんて、よく覚えてたな。僕はずっとレトリー司令官と一緒にいたのに、そんなところには全然目が行っていなかった。そんなに目立つものでもなかったし」

シャリースは肩をすくめた。身を屈《かが》めて、ハヴィの耳に囁き返す。

「俺だって、覚えてやしないさ。あんなものはただのはったりだ。だが、後ろ暗いところのある奴には効くぜ」

啞然とした顔で、ハヴィは一歩後退《あとずさ》った。人の悪い笑みを唇の端に浮かべたシャリースを、まじまじと見やる。

「……僕は彼を、上官殺しで逮捕してしまったんだぞ——一つの証拠もなく……」

「上出来だ」

良心の呵責《かしやく》に襲われたらしい若者に、シャリースはしかし、あっさりと顎を引いてみせる。

「あんな男が司令官の椅子に座ってたら、遠からずこっちは全滅してただろうよ。これ以上誰かを犬死にさせる前に、どこかに引っ込んでてもらわないとな」

しばしの間、ハヴィは無言だった。そして、途方に暮れたように呟く。

「僕はどうしたらいい？」

「目の前の敵のことだけ考えろ」

シャリースは若者の肩を叩いた。

「奴ら、北からの援軍が着いたら、すぐに、こっちを料理しにかかるぞ。カベルが失脚して、次の司令官になるのは誰だ？」

「……僕だ」

今にも消え入りそうな声で、ハヴィは答える。まさにこの事実が、この若者の苦悩の源なのだろう。

だがシャリースは、ハヴィににやりと笑ってみせた。

「じゃあ、おまえが指揮を執るんだな」


ハヴィは司令官の任に就いた。

それは、兵士たちに淡々と受け入れられた。レトリーとディザートが死に、カベルが逮捕された今、ハヴィがこの場では最も地位が高いということになっているのだ。それくらいのことは誰でも知っている。

確かに、新しい司令官の姿は、誰の目にも、若く、経験に乏しく、頼りないように見える。だが、上官を殺してその地位を奪い、さらに多数の部下を死に追いやったカベルと比べれば、ずっとましだ。

古参のラシェックがハヴィを支持したことも、兵士たちの心理に大きな影響を与えていた。ラシェックと死んだオレフは、反抗的な兵士として有名だった。だが、兵士たちには、それなりに人気もあった。二人は典型的な不平屋だったが、彼らの上官に対する雑言には、常に真実が含まれており、兵士たちはそれ故《ゆえ》に、この二人に同調したのである。

しかし、本隊に戻って以来、ラシェックは、上官に対する不服を口にしなくなった。彼は進んでカベルの監視役を務め、他の者たちも、武器の手入れや周囲の見張りに、せっせと取り組むようになっている。我が身の不運を嘆くよりも、兵士としての仕事をこなしているほうが気持ちは上向く。

何より、ハヴィの背後には、バンダル・アード＝ケナードのジア・シャリースが付いている。

正規軍の兵士の多くは、傭兵隊を、同じ戦場にいながら自分たちよりも高給を取る、いけすかない連中であるとみなしている。だが、傭兵たちが有能であることは、誰にも否定出来ない。

中でも、バンダル・アード＝ケナードの評判は高い。対岸に敵が居座り、援軍はまだ到着せず、小競《こぜ》り合《あ》いに敗れたばかりだが、バンダル・アード＝ケナードがいる限り大丈夫なのではないかと、兵士たちはそう思うのだ。

実際、バンダル・アード＝ケナードの傭兵たちは、隊長の指示を受けて、忙しく動き回っている。兵士たちはそれを見て、勝算はあるのだと考える。

彼らが連れてきた二人の女たちについては、兵士たちは、話題にするのをやめた。彼女たちがハヴィの天幕に入れられたとき、兵士の一人が、下品な冗談を飛ばしたのだ。その途端、殺意の籠った眼差しがその兵士に突き刺さり、兵士はあっという間に、五人もの黒衣の傭兵に取り巻かれていた。

「いいか、俺たちの仕事は、彼女たちを守ることだ」

傭兵の一人が、きつい口調で言い渡す。

「もし、誰かが彼女たちに触れようとしたり、みだりに声を掛けたりしたら、俺たちはそいつに、自分がどんな間違いをしでかしたのかを、思い知らせてやることになってる。相手が誰であろうと関係ない。味方の一人を見せしめに殺すことになったとしても、うちの隊長は、それを止めたりはしないぜ。判ったか？」

軽率な発言をした兵士はがくがくとうなずき、他の兵士たちも、この一件を重く受け止めた。

ハヴィが司令官の大きな天幕に移った今、彼がかつて使っていた天幕は、女たちが独占できることになった。周囲には傭兵たちが護衛として配置され、ぬかりなく周囲に目を配っている。

入口の垂《た》れ幕《まく》から、黒髪の少女が顔を覗かせた。

ちょうど近くを歩いていたハヴィは、そのすらりとした姿を認めて足を止めた。サリアも、ハヴィがいるのに気付いた。護衛に立っていた傭兵に二言三言話しかけ、ハヴィのほうに近付いてくる。

ハヴィは少しばかりどぎまぎしながら、少女を待ち受けた。

「……ヴェルマの具合は?」

そんな言葉が口を突いて出る。妊婦の体調の心配は、ごく自然な話題だと、頭のどこかでそう思ったからかもしれない。

サリアは微かに、唇の両端を上げた。

「今は、ちょっと横になってるわ。後で、出来れば温かい飲み物が欲しいの。ヴェルマのためにね。お湯でいいんだけど」

「判った。いつでも熱いお湯を届けられるようにしておく」

ハヴィはほっとしてうなずいた。それくらいは何とでもなる。シャリースやその部下たちが、正規軍のために働いてくれている今、彼女たちの世話については、ハヴィも可能な限り協力するつもりだった。

馬に乗った伝令の兵士が、彼らのところへやって来た。ハヴィの側で馬の背から降りる。少女にちらりと目を向けたが、疲れた顔の兵士は、陣営の中に女がいることについては口にしなかった。

「援軍が到着したのか?」

ハヴィの問いには答えず、兵士は、若い司令官を素早く観察した。

「ハヴィ殿ですか?」

「そうだ」

「あなたに報告するように言われました――司令官が替わったからと」

「ああ……色々あって」

「ナーキ司令官の軍は、明日の昼には、ここに到着します。それをお伝えに参りました」

淡々と伝えられた言葉に、思わず、ハヴィは顔をしかめていた。

「……のろいな」

予期していたより、援軍の到着はかなり遅れている。兵士は口を閉ざしたままだった。言い訳は、彼の仕事ではないのだ。

ハヴィは、橋のほうを指した。

「バンダル・アード＝ケナードの隊長が、橋のほうを調べてる。そっちにも伝えてくれないか」

「はい」

伝令は、馬を引いてその場から離れた。ハヴィはそれを見送り、改めてサリアを見下ろした。白い肌に落ちかかる黒い巻き毛が美しいと、彼は思った。そして、そう思ったこと自体に罪悪感を覚えた。今は、そんなことを考えている場合ではないはずだ。

「明日の夜には決着がつく――多分」

彼は何とか平静な声を取り繕《つくろ》った。

「どっちが勝つかは判らないけど、とにかく、ここでの睨み合いは終わる。そうすれば、向こう岸に渡れるようになるよ。君たちの身の安全については、シャリースなら何とかしてくれるだろう。心配いらないよ」

「ええ」

サリアはうなずいた。

「いざとなったら、私たち二人だけでも行くつもりよ」

その声に、頼りなげなところは微塵《みじん》もない。彼女なら、言葉どおりにやり遂げるだろう。

「……ヴェルマが家に帰ったら、君はその後どうする？」

ハヴィの問いに、サリアはあっさりと肩をすくめた。

「マラーに戻るわ」

ハヴィは少しばかりたじろいだ。

「……娼館に？」

少女はうなずいた。

「そういう約束なの。帰ったら、支度で忙しくなるわ。私の処女が競りに掛けられるのよ」

「……」

「女将《おかみ》のエマーラには、母が病気のとき、良くしてもらった」

呆然と目を見開いている若者に、サリアは微かな笑みを向けた。

「別に、店の女にならなくてもいいとも言われたわ。まっとうな職について借金を返すのなら、それでもいいって。不機嫌な娼婦は、商売の邪魔になるからって。でも私は、エマーラの店に入ることにしたの。私みたいな、身寄りのないただの小娘に出来る仕事はそう多くはないし、お針子や小間使いじゃ、食べていくだけで精一杯で、お金はいつまでも返せない。エマーラの店で五年働けば、借金を返した上に、独り立ちしてまっとうな仕事を始めるだけの資金が作れるの。そうやって、娼婦から、貴婦人用のドレスの仕立て屋になったり、宝石商になった人もいるわ。もちろん、貯めたお金を持参金に、結婚した人も一杯いる」

サリアは言葉を切り、まっすぐにハヴィを見つめた。

「私は、自分が立派なお産婆《さんば》さんになれると信じてるの。そのために、娼婦になると決めたのよ」

「……そう……」

きっぱりと言われてしまっては、ハヴィには何も返せない。もちろん、同じような境遇の少女たちが大勢いることは、彼も承知している。しかし、サリアは今、彼の目の前に立ち、彼の心を揺さぶっている。

彼女は強く、健気で、そして美しかった。もし彼に財産があれば、この少女の借金を肩代わりするために全てを差し出しただろう。だが、彼はそんなことに使える財産など持っていなかった。どうすることも出来ない。

ただ、胸が痛んだ。この運命を受け入れるのが辛かった。

サリアのほうは、しかし、既に覚悟を決めている。彼女は悪戯《いたずら》っぽい眼差しをハヴィに向けた。

「もし良かったら、あなたも競りに来てくれてもいいのよ」

明るい口調で言う。それは、彼女にとって、精一杯の虚勢だったに違いない。覚悟を決めたからといって、それが、心楽しいものであるはずがない。

都合が合えば行くとでも、笑ってそう答えれば、彼女も、単なるおしゃべりとして受け流してくれただろう。だがハヴィには、それが出来なかった。

彼は足元に視線を落とした。彼女の顔をまともに見ることも出来なくなった。

「……僕には耐えられない」

何とか声を絞り出す。

その瞬間、サリアははっと息を呑んだ。

「……ごめんなさい……」

小さく囁く。

「……きっと、隊長さんに怒られるわ。たとえ冗談でも、男の人を誘惑するようなことはしないと約束したのに」

ハヴィはゆっくりと顔を上げた。真剣な黒い瞳が、じっと彼を見つめていた。困惑し、後悔している。

ハヴィは彼女を元気づけるために、何とか微笑した。

「――他には誰も聞いてない。黙ってれば判らないよ」

サリアも微笑《ほほえ》んだ。

「ありがとう」

サリアもハヴィも、相手には、指一本触れていない。

だが確かに、温かいものが触れたと、ハヴィは思った。この温《ぬく》もりを抱いていれば、戦場でも、幸せに死ねるだろう。

そのとき兵士の一人が彼らの方へ、慌ただしく走ってきた。

「バンダル・アード＝ケナードが、侵入者を捕まえました！」

ハヴィとサリアは、思わず顔を見合わせた。

8

　エンレイズ軍の宿営地から、一人の男がぶらぶらと歩いて出てきた。

　平服を着た中年の男だ。見たところ、地元のモウダー人らしい。出入りの商人かもしれないし、あるいは、エンレイズ軍に雇われている間諜《かんちょう》かもしれない。何にせよ、エンレイズ軍の兵士たちとは顔見知りらしく、そこここで立ち止まり、友好的に別れの言葉を交わしている様子である。

　男は急ぐ様子もなく、彼らが身を潜《ひそ》めている木立の方へと向かってくる。

　木の陰から頭を覗《のぞ》かせ、ブラスは目を眇《すが》めて男を観察した。

　どことなく見た覚えがある気もしたが、確信はなかった。どこにでもいるような顔だ。今も、兵士たちに交じって一人だけ平服を着ていなければ、目に付くことはなかっただろう。

　ブラス自身は、長身で屈強な若者だった。がっしりとした頬骨《ほおぼね》の上に、黒い目が光る。剣の腕には自信があり、それ故《ゆえ》に、こんな場所まで出向いてきている。

ブラスの横には、不機嫌な顔つきの中年の男が立っている。

グラックという名のこの男は、ブラスがモウダーにやってきてから雇い入れた、いわばならず者だった。エンレイズ人だが、下手《へた》にエンレイズの地に足を踏み入れ、正体が知れれば、即座に縛り首になるだけの悪行を重ねてきたらしい。だが、金の折り合いさえ付けば、どんな汚い仕事も請け負うという触れ込みで、ブラスにとっては好都合だった。

だが現在のところ、彼らの仕事は報われていない。それどころか、事態は次第に悪くなってきている。相次ぐ失敗に、彼らは少しばかり疲れてもいた。

だからといって、諦《あきら》めるわけにはいかなかった。これには、ブラスのこの先の人生全てが掛かっているのだ。

「……あの男と話がしたい」

今まさにこちらに向かって来る男を指して、ブラスは言った。グラックは、物問いたげに片眉《かたまゆ》を上げてみせる。その意味するところを察して、ブラスはかぶりを振った。

「丁重に、な。役に立つかもしれん」

グラックは木立から歩み出た。ブラスが見守る前で、男に話しかける。話の内容は聞き取れなかったが、男がうなずいたのが見えた。そのまま、グラックについて歩いてくる。特に警戒している様子もない。

ブラスのところまで連れてこられると、男は無遠慮に、若者を上から下まで眺めた。

「俺に何か用だって？」

のんびりとした口調で尋ねる。ブラスは努めて愛想よく口を開いた。

「今、あんたがエンレイズ軍の中から出てきたのを見たんでね」

男は笑った。

「ああ、御用聞きでね。あんな川《かわ》っ縁《ぺり》にへばりついていると、兵隊どもも、新鮮な肉や、ちょっと身体をあっためる飲み物が欲しくなる。だから、入り用のものを聞いて、近場で調達してくるんだ」

「女が二人、中にいるのは知ってるか？」

ブラスは本題に入ったが、相手のにこやかな様子はまったく変わらなかった。

「もちろんだ。彼女たちのお望みは、蜜漬《みつづ》けの果物だった。でなければ、とにかく何でもいいから甘いものが欲しいって話だ。そう難しい注文じゃない」

「黒髪の巻き毛の女の子がいただろう？　実は彼女に伝言があるんだ」

男は驚いたような顔になった。

「サリアに？　へえ？　そんなら俺が届けてやろうか？」

親切な申し出に、ブラスは難しい顔を作ってみせた。

「いや、それが、外聞を憚《はばか》る話でね。いわゆる身内の恥ってやつだ。何とか彼女を連れてきてもらえないか」

困ったように眉を寄せて、男は顎《あご》を掻《か》いた。

「そりゃどうかね。彼女には護衛が付いてる。傭兵《ようへい》だ。おっかない奴らだぜ」

「別に攫《さら》って行こうってわけじゃない」

ブラスは精一杯の猫撫《ねこな》で声を出した。

「ただ、伝言を渡したいだけだ」

しかし相手は、気の進まぬ顔だ。

「彼女がうんと言うかね」

「彼女の母親にまつわる話だ」

言いながら、ブラスは、エルギード銀貨を五枚数えて、男の手に渡した。男は目を丸くして、掌《てのひら》の銀貨を見つめた。子供でも出来るような使いの対価としては、法外な額だ。落ち着かなげに唇《くちびる》を舐《な》める。

「ああ――じゃあ、まあ、その気があるかどうか、訊《き》いてはみるよ。そうだ、あんたの名前は？」

ブラスは一瞬考え、そして何とかごまかせを思いついた。

「エマーラからの使いだと言ってくれ」

男はうなずき、元来た道を宿営地へ戻って行った。それを見送りながら、それまで傍《かたわ》らで黙って聞いていたグラックが口を開いた。

「……あの男と、どこかで会ったような気がする」

眉根をきつく寄せている。そう言われて、ブラスも少しばかり不安になった。それは、彼が先刻感じたことと同じだ。ということはつまり、やはり、あの男とはどこかで顔を合わせているのかもしれない。

しかし相手は、彼らのことを知っている素振りなど、露《つゆ》ほども見せなかった。

「もしかすると、酒場かどこかで会ったのかもしれないな」

ブラスの推測に、ならず者は、気のない様子でうなずいた。どちらにせよ大した問題ではないと、その横顔に書いてある。

彼らはしばらく、黙ったまま、その場で待たされた。

ずいぶん長く掛かると、ブラスはじりじりしながら思った。ことによると、サリアは伝言を無視するかもしれない。危険を察知して、あの男を追い返すという可能性もある。

だが、待った甲斐《かい》はあった。

男は再び、宿営地から出てきた。黒髪の少女を連れている。しかも、護衛が付いていない。

ブラスはこれを認めて、小躍《こおど》りしたい気分になった。彼女には、母親について、他人には知られたくない事実があるのだ。思ったとおりだった。

ブラスとグラックは、身を隠したまま、男と少女が近付いてくるのを待った。サリアには、一度顔を見られている。不用意に姿を現すわけにはいかない。ここで逃げられては、元も子もないのだ。

サリアとその連れは、周囲を見回しながら、ゆっくりと歩いてくる。じれったいほどののろさだ。だがとにかく、突然踵《きびす》を返すような動きはない。

お陰で、ブラスは気を落ち着けることが出来た。既に二度も仕損じている。今度こそ確実に、サリアの息の根を止めなければならない。

「あの男も殺せ」

彼はグラックに命じた。

「でないと、後々面倒なことに――」

ならず者の部下を振り返り、そして、ブラスは凍《こお》りついた。

グラックは、雇い主のその様子に、怪訝《けげん》な顔になった。相手の視線が自分の背後に向けられているのに気付き、振り返る。

そして、彼もまた、愕然《がくぜん》として立ち尽くした。

彼らの背後は、十人ほどの黒衣の男たちに取り囲まれていた。二人がサリアに集中している間に、音も立てずに忍び寄ってきたらしい。

長身で金髪の男が、二人の驚いた顔を見て、にやりと口元を歪《ゆが》めた。

「ようやく会えたな」

楽しげに言う。

「おまえらのお陰で、色々と苦労させられたぜ。一体どういうことなのか、じっくり話を聞かせてもらおうか」

口調は穏やかだったが、その青灰色《せいかいしょく》の瞳に宿る光に、ブラスの背筋に冷たいものが走った。

傭兵たちに武器を取り上げられ、乱暴に拘束されながら、ブラスは、黒髪の少女に目を向けた。

彼女の側《そば》には、エンレイズ正規軍の若い兵士が、まるで彼女をブラスの視線から庇《かば》うかのように立ちはだかっていた。

一人の不審な男が宿営地近くで捕えられたのは、それより一時間ほど前の話である。

発見したのは、チェイスとファイルの二人だった。彼らによると、不審者は隠れる様子もなく、きょろきょろと周囲を見回しながら、宿営地に入り込んだらしい。拘束されても抵抗の一つもせず、ただ、女たちに会いたいと告げたという。

シャリースの元に報告に来たのは、チェイスだった。ダルウィンと共に、川縁で橋を吟味《ぎんみ》していたシャリースは、チェイスの報告に思わず顔をしかめていた。

「……誰だって?」

「ポートと名乗ってます」

チェイスは片手で、宿営地の反対側を指した。

「武器は取り上げたけど、でも、持ってたのは小さいナイフだけでした。ライルが見張ってます」

シャリースは唇の端を下げた。丸腰になったからといって、相手が危険でないということにはならない。特に、そのポートと名乗る男の目当てが女たちである場合は、なおさら警戒する必要がある。

「……それで、そいつは、彼女たちに何の用だって?」

「危険を知らせに来たそうっす」

チェイスの言葉に、ダルウィンが鼻《はな》で笑った。

「そりゃ御親切なこって。だが、今現在危険だってことは、こっちも先刻承知だ。何たって、戦場のど真ん中だぜ」

シャリースは小さく溜息《ためいき》を吐《つ》いた。

「まあいい。ひとつ会ってみることにしようか」

ポートという男は地面に座らされ、ライルがその後ろに立っていた。

しかしシャリースたちより前に、マドゥ＝アリとエルディルが、男の元に着いていた。ライルが困ったような顔で、男とマドゥ＝アリを見比べている。

マドゥ＝アリは男の正面に立ち、じっと相手を見下ろしていた。エルディルの方は男の周囲をぐるぐる回りながら、時折牙を剝《む》き出《だ》して威嚇《いかく》している。もし男が何か馬鹿な考えを起こせば、即座に足を食い千切る構えだ。

理由については、マドゥ＝アリが説明した。ポートという男を真っ直ぐに指差して、彼はシャリースに言った。

「この男が、ディザートを、ヴェルマのところに連れてきた」

　マドゥ＝アリは口数の少ない男だが、記憶力は確かだ。シャリースは眉を上げた。

「……おまえとタッドが片付けた、殺し屋の仲間か？」

「違う！　そうじゃないんだ、聞いてくれ！」

　男がシャリースに訴える。平服の、どこにでもいそうなその中年の男は、狼《おおかみ》の敵意に震え上がっている。だが、少なくとも、恐怖で我を忘れているわけではないらしい。

「……エルディル」

　シャリースが呼ぶと、白い狼は動きを止めた。不承不承といった顔で、シャリースの足元に座る。その大きな頭を片手で撫でながら、シャリースは男を促《うなが》した。

「よし、最初から、俺たちが納得できるような説明をしてみせてくれ」

　ポートは少しだけ、肩の力を抜いた。

「――俺はマラーで、ディザートに雇われた」

　彼はそう切り出した。

「ディザートが言うには、エマーラという女の店に、どうしても手に入れたい娼婦が一人いるが、彼女が町を出て行方を晦《くら》まそうとしているから、その後をつけて行き先を確かめて欲しいって。自分は軍務があるから、人を雇う必要があるんだって。オウル金貨を一枚くれて、仕事が済めばもう一オウルくれるって約束したんで、俺はその仕事を引き受けた。この辺りのことはよく知ってるし、それくらい、何てことはないと思ってな」

　シャリースは目を眇めた。

「すると、俺たちがマラーを出た日の夜、近くの茂みの中でこそこそ野営《やえい》をしてたのはおまえか」

　一瞬だけ躊躇《ためら》ったが、ポートはそれを認めた。

「……ああ、そうだ」

「それで？」

　どこかから聞きつけたらしいハヴィが、急ぎ足で彼らの方へやってきた。ダルウィンが、これまでの事情をかいつまんで話して聞かせる。その間に、何事が起こったのかと、見物人も集まり始めた。

　その中に、タッドもいた。マドゥ＝アリの言う通り、この男こそがディザートの案内人であると、彼はむっつりと証言した。

「こいつの話なんか、聞いてやる必要があるのかよ」

　タッドはそう、金髪の傭兵隊長に苦言を呈した。

「こいつが余計なことをしなけりゃ、彼女たちをあんな危険な目に遭《あ》わせることもなかったんだぜ」

　しかし、ポートの意見は違うらしい。

「誤解だって！　いいから聞いてくれよ！　この人が最初から話せって言うから……」

　シャリースは片手を振って、苦々しげな顔のタッドを黙らせた。

「続けてくれ」

　傭兵隊長に再び促されて、ポートは大きく息を吐き出した。

「――俺は、あんたたちの後をつけてった。あんたらは大所帯だし、目立つから、ついていくこと自体は難しくなかった」

「それで、ジーシャノウで、彼女たちの宿に火を点けたのかよ」

　タッドが話の腰を折る。ポートは苛立たしげに、自分の膝《ひざ》を拳《こぶし》で叩いた。

「違うって言ってるだろう。話を聞けよ！　俺の仕事は、ヴェルマって女の行き先を確かめることで、殺すことじゃない。火事は見てたよ。実際、肝《きも》を潰《つぶ》した。だが、あんたらが彼女たちを助けたから、それでいいと思ったんだ。俺があそこにしゃしゃり出てって、大声上げながら腕を振り回してたったって、邪魔なだけだろ？」

　少しばかり考えてシャリースは小さく肩をすくめ

た。

「まあ、そうかもな。それから？」

「そのままついて行ったら、真っ直ぐエンレイズ軍のいるほうに向かったから、もしかしたら、そのままディザートのところまで行っちまうのかと思ったよ。残りの報酬を取り損ねるんじゃないかとひやひやしたが、幸いあんたらは、ちんたら進んでる。妊婦連れだしな。だから俺は、話を手っ取り早くしようとしたんだ。ひとっ走りエンレイズ軍に走って行って、ディザートを捕まえて、お目当ての女のところへ案内したんだ。ディザートは女と揉《も》めたが、それは、俺の知ったことじゃない。だがそこにいきなり、奴らが襲いかかって来たんだ。見たことのない顔だったが、ありゃ無法者ってやつだな。殺し合いが始まったんで、俺は泡食って逃げ出した。荒っぽいことには向いてないんだ。誰も、俺なんか眼中になかったし……」

「……」

無言のまま、タッドがシャリースへうなずきかける。ポートは続けた。

「でも気になって、しばらくしてからこっそり戻ったんだ。ディザートは死んでて……」

「――彼の懐《ふところ》から、金を抜いたのか」

シャリースの青灰色の目が細められるのを見て、ポートはおどおどと視線を逸《そ》らした。

「約束の報酬を受け取ったんだ」

小声で主張する。傭兵隊長はあっさりとうなずいた。

「当然の権利だな。それから？」

泥棒行為の正当性を認められて、ポートは明らかにほっとした顔になった。

「それから――ちょっと途方に暮れちまったんだな。そこいらをしばらくほっつき歩いてた。まあ、金はあるし、酒場の場所も判ってたんだが、でも、どうにも気になっちまったんだ。あの無法者どもはディザートを殺したが、あれは単なる成り行きだ。あいつらは、ヴェルマと一緒にいた、黒い髪の女の子を殺そうとしてたんだ。あんなに若い娘を。まだほんの子供じゃねえか。俺の娘と同じくらいだ。だから、この辺りで待ってたんだ。あんたらのバンダルは、いずれ、ここにいるエンレイズ軍と合流することになるだろうし、そうしたら、彼女たちがどうなったのかも確かめられると思って。そしたら案の定、あんたらは彼女たちを連れて現れた。二人とも元気そうだったんで、もう大丈夫だと思った。まあ、この先何があったとしても、少なくとも、俺のせいじゃないってな」

シャリースは片眉を吊り上げてみせた。

「だが、おまえさんはわざわざ、彼女たちに会いにきた」

この指摘に、ポートはうなずいた。

「あいつらを見たんだ」

意味するところを理解して、シャリースは思わず眉根を寄せた。

「……サリアを殺そうとした奴らか？」

「それがあの、黒い髪の女の子の名前か？　そうだ。あいつらまだ、彼女を諦めてない」

「……」

周囲のざわめきが止んだ。

「シャリース……」

切羽詰まった囁《ささや》き声が、ハヴィの口から洩れる。ポートを見下ろしたまま、シャリースはうなずいた。

「ああ、問題だな」

そのとき、さらなる問題が、メイスレイの口からもたらされた。斥候《せっこう》のまとめ役を務めていた彼が、斥候たちから運ばれた情報を、シャリースのところへ届けに来たのだ。

「ガルヴォの援軍が、もうすぐそこまで来てるようだ」

シャリースは年嵩《としかさ》の部下を横目に見やった。メイスレイの表情は固い。正規軍の司令官であるハヴィにもうなずきかけて、彼は言葉を継いだ。

「夜には全軍が到着するようだ。となると、明日の夜明けには陣容を整えて、攻撃を仕掛けてくるかもしれない。だが、こっちの援軍は、どうやら間に合わないようだ」

ハヴィが唇をきつく噛《か》みしめる。

「僕はあの橋を守らなきゃならないんだ――少なくとも、援軍が来るまで。ガルヴォの奴らを、川のこっち側に渡らせるわけにはいかない」

そこへ、ダルウィンがいかにも小賢《こざか》しげに口を挟んだ。

「もし俺がサリアを殺したいと思ったら、ガルヴォ軍が攻撃してきて、サリアの護衛が手薄になったときを狙うね」

幼馴染《おさななじみ》の意見に、シャリースは同意した。

「そこに罠《わな》を仕掛ければ、そいつらを捕まえられるだろう。だが、実際にそんな事態になったら、こっちには、罠を仕掛ける余裕なんかないだろうな。つまり、待ってるわけにはいかねえってことだ」


天を仰いで、彼は少しばかり考え込んだ、そして、地面に胡坐《あぐら》をかいているポートを見下ろす。

「おまえに、ちょっと頼みたいことがある」

相手は、警戒心もあらわに金髪の傭兵隊長を見上げた。

「何だ」

「サリアを救うために、もうひと肌脱いでくれないか」

ポートは顔をしかめた。

「危ねえ真似はご免だ」

絞り出すように言う。シャリースは唇の端を上げてみせた。

「モウダー人の生命および財産を危険に晒《さら》すことは、出来る限り避けるべしというのが、エンレイズ軍の方針だ」

疑わしげに、ポートは周囲のエンレイズ軍兵士たちを見回した。

「……本当に大丈夫なんだろうな？」

だがこのときにはもう、彼は、兵士たちからの無言の圧力に負けていた。ここでシャリースの頼みを拒否すれば、シャリースが口で何と言おうと、生きては出られぬという雰囲気だったのだ。

シャリースは笑った。

「危険なのはサリアであって、おまえさんじゃないんだよ。さっき自分で言っただろう、敵はおまえのことなんか眼中にない」

ポートは渋々《しぶしぶ》うなずいた。

二人の男が、エンレイズ軍の司令官の天幕の前に引きずってこられた。

ポートの協力を得てシャリースが張った罠は、うまく働いた。捕獲された男たちは、後ろ手に縛《しば》られて、地面に座らされた。彼らを摑《つか》み、小突いたどの手にも、優しさなどは欠片《かけら》もない。二人は抵抗しなかったが、ブラスの顔には怒りが、そして、グラックの顔には諦めが浮かんでいた。

サリアと、そしてヴェルマも、見物人の輪の一番前にいる。マドゥ＝アリと白い狼が護衛についている。

ハヴィもまた、彼女たちの側にいた。先刻、襲撃者たちを罠に掛けた際、彼は、自分も一緒に行くといって譲らなかったのだ。サリアは、自分が囮《おとり》になることに同意したが、ハヴィは、自分が司令官である以上、彼女の身の安全を図ることは自分の責務だと主張した。

少女の殺害を企《たくら》む二人の主従関係は、背後から静かに近付いたときに聞こえた会話で、既に明らかになっている。指示を下していたのは若い男のほうだ。

シャリースは年嵩の、身なりの悪い男を見下ろした。

「名前は？」

グラックは、ぶっきらぼうに名乗った。縛られたもう一人の若い男を横目に見ながら、シャリースは続けた。

「そいつには、一体いつから雇われてる?」

縛られたまま可能な範囲で、グラックは肩をすくめた。

「そう……一週間くらいになるかな」

ポートは、歯を固く食いしばっているブラスを指した。

「そいつが言ったんだ。エマーラの店からサリアに伝言があるって」

「なるほどな」

シャリースはうなずき、しげしげと、縛られた若い男を観察した。

「それで、エマーラの伝言を運んできたっていう、おまえは何者だ?」

「……」

ブラスは答えなかったが、シャリースは構わず先を続けた。

「どうせ伝言なんて持ってやしないんだろう? それについては気にするな。俺だって、嘘《うそ》の一つや二つ、吐いたことくらいある」

「おい、聞いたか」

ダルウィンがにやにやしながら、隣のメイスレイに話しかける。

「嘘の一つや二つ、吐いたことがあるときたよ。口から出まかせで何でも片付けてきた野郎が、よく言うぜ」

メイスレイはしかし、顎を撫でながら、感じ入ったようにうなずいた。

「だが、逆に言えば、そういう人間こそ、他人の嘘には鼻が利くんだろう。この場合はうってつけだ」

「おまえら、上官の悪口は、せめて本人に聞こえないところで言え。示しがつかねえだろうが」

シャリースにじろりと睨《にら》まれても、この二人はどこ吹く風だ。そこここから上がった小さな笑い声を無視して、シャリースはブラスに向き直った。

「なあ、いいか。俺たちは急いでる。今ここで、何もかも白状するのなら、これ以上痛い目には遭わないようにしてやろう。だが、川の向こう側にいるガルヴォ軍がこっちに押し寄せてくるような事態になったら、ゆっくりとおまえらの相手をしてやる余裕はなくなる。その場合は、万一にも逃げられたりしないように、おまえらの足と手を、一本ずつ折ることになる」

シャリースの口調は平板だったが、冗談ごとではない響きが備わっていた。傭兵の仕事の大半は、人を殺すことだ。骨を折るくらい、それに比べればどうということはない。

少なくとも、グラックはそう考えた。そして彼は、骨を折られてもいいと思えるほどの忠誠心など、持ち合わせていない。

「俺は何も知らねえ」

そう言いながら、ブラスを目線で指す。

「ただ、こいつに金で雇われただけだ。その女の子を殺すから、手伝えと」

シャリースは鼻で笑った。

「そうか。そりゃありがたい情報だな。特別に、どっちの足を折られたいか、おまえさんには自分で選ばせてやるよ」

「よせよ！」

反射的に、ならず者は喚《わめ》いていた。

「嘘じゃねえって！　詳しい話は聞いてねえ！　ただ……」

「黙れ！」

ブラスが鋭く、隣の男を遮《さえぎ》る。しかし、グラックは黙らなかった。自分をじっと見つめるサリアへと顔を向ける。

「その女の子が死なないことには、遺産が入らないとか……」

「……え？」

サリアの黒い目が、丸く見開かれた。

何も思い当たることがないらしい。ぽかんとして、縛られた二人の男を交互に見ている。ヴェルマはその横で、しきりに瞬《まばた》きをしていた。こちらも面食らっているようだ。

　シャリースはしばし思案した。そして、黒髪の少女に目を向ける。

「……あんたの母親は、借金を残して死んだ——そうだな？」

　サリアはうなずいた。

「そうよ」

「じゃあ、父親は？　名前は何て言ったっけ？　カンタス？　彼は、あんたに財産を残して死んだのか？」

　サリアはその可能性に、初めて気付いたようだった。言葉が出てくるまで、しばらく掛かった。

「……でも、死んだなんて、聞いてないわ」

　押し出された声は、細く、かすれていた。

「そう、あんたは聞いてない」

　シャリースはゆっくりと、サリアと、そして彼女と遺産を争う男とを見比べた。

「あんたが出した手紙には、返事が来なかった。もしあんたの父親が、娘からの手紙が届く前に死んでいたとしたら、返事が来なかったとしても不思議じゃない。だろう？」

　そして、ゾラスの正面に立つ。

「俺は普段、賭けはしないが、今は賭けてもいい気になってきたぜ。おまえはサリアの、父方の血縁者だ。兄か、あるいは従兄《いとこ》か、そんなところだろう」

　サリアは息を呑《の》んだ。ヴェルマがその肩をしっかりと抱き締めている。

　一方、ゾラスは、歯を食いしばっていた。一言も話すまいと決意したような顔だ。頑《かたく》なその態度に、シャリースはかぶりを振った。

「なあ、おまえが黙ってたって、調べりゃすぐに判るんだぜ。サリアの父親が誰かは、こっちも承知なんだからな。死んだかどうかはもちろん、遺書の内容も判るだろう。どこかに保管されてるはずだ。何しろ、それを燃やしちまうことが出来ないからこそ、おまえはわざわざ、こんなところまでやってきたんだからな。遺書にはサリアの名前があって、おまえの理性を焼き切るほどの金額が遺《のこ》されてるに違いない」

「……金だけじゃない、全てだ」

絞り出すように、ブラスは吐き捨てた。シャリースは片眉を上げげた。

「何？」

憎々しげに、ブラスはシャリースを睨みつける。

「父は何もかも、一切を彼女に遺した。金も、土地も、爵位《しゃくい》まで全てだ！」

「……爵位ですって？」

サリアが小さく呟《つぶや》いた。ブラスが刺すような眼差《まなざ》しで少女を見やる。

「そうさ、おまえは今や、女子爵様《おんなししゃくさま》だ！　嫡出《ちゃくしゅつ》の長男である俺を押しのけてな！　どうだ、いい気分だろう⁉」

いきなり突きつけられた事実に、サリアは、打たれたように立ち竦《たちすく》んだ。言葉もなく、兄だという男の顔を見つめている。

そして、見守る兵士たちの好奇心も、一杯に膨《ふく》れ上《あ》がっている。どんなに良く出来た芝居でも、目の前で繰り広げられた、この衝撃的な見世物には敵《かな》わないだろう。誰もが身を乗り出して、食い入るように貴族の兄と妹を見物していた。ブラスは彼らを睨んだが、縛られて地面に座らされた男を恐れる者はいない。

「……あなたはお金持ちなのよ、サリア」

ヴェルマが上ずったような小声で、少女に囁いた。

「聞いた？　エマーラの店に行かなくてもいいのよ……！」

喜びと興奮に、ヴェルマの目にはうっすらと涙が浮かんでいる。彼女はサリアを抱き締めたが、サリアの方はまだ、動くことも出来ずにいる。

シャリースはサリアを見下ろした。この少女を娼館に送り返さなくてもいいと知って、彼もまた、気分が良かった。綺麗事《きれいごと》だけでは済まない世の中でも、たまにはこういうことがあっていいはずだ。ヴェルマに身体を揺すられている少女へ、片目をつぶってみせる。

「思いやりのある兄さんだな、サリア。わざわざ知らせに来てくれるとは」

シャリースの皮肉に、ブラスは歯噛みしながら顔を背けた。サリアは傭兵隊長を見上げた。唇が震えている。

メイスレイが、兄妹をしげしげと観察しながら口を開いた。

「――だがこれで、サリアが、貴族としての教育を受けてきた理由が判ったな」

まるで、長年の研究の成果を見た、学者のような話しぶりである。

「彼女の父親は、そこの息子ではなく、よそに出来た娘の方を後継ぎにするつもりだったんだ。俺には、彼の気持ちがよく判るよ。こんな息子じゃ、無理もない」

のろのろと金髪の妊婦に抱きついたサリアが、静かに泣き始めた。ヴェルマが少女の背中を抱き締め、子供をあやすように黒い髪を撫でる。

シャリースが兵士たちに解散を命じ、ブラスとグラックが連れて行かれても、サリアの嗚咽《おえつ》は止まらなかった。

夕暮れの訪れとともに、宿営地には、幾つもの火が浮かび上がった。

二人の女も、天幕の前に焚《た》かれた火の前に座っている。

サリアは落ち着きを取り戻していたが、疲れ切った顔をしていた。ヴェルマは姉のように彼女の側に付き添い、あれこれと世話を焼いていた。しかしサリアは言葉少なだ。

若い司令官が、おずおずと近付いてくるのを、ヴェルマは認めた。

ヴェルマはハヴィに、意味ありげに目を瞠《みは》ってみせた。若者が狼狽《ろうばい》する様を見て笑い、そして、ゆっくりと立ち上がる。

「マドゥ＝アリとエルディルは、すぐそこにいるわ」

彼女は天幕の横手を指した。

「それを忘れないでね」

その言葉を裏付けるように、白い狼が、天幕の陰から顔を覗かせる。自分の名前を聞き取ったのだろう。

だが彼女は、ハヴィを脅威とは見做《みな》さなかった。ちらりと一瞥《いちべつ》しただけで、すぐに身を翻《ひるがえ》す。

ヴェルマは天幕の中に入り、ハヴィは用心深い足取りで、火の側へ寄った。サリアが顔を上げる。

「……座っても？」

ハヴィの問いかけに、サリアはうなずいた。今までヴェルマの座っていた場所を指す。

「今、シャリースが、ガルヴァ軍の様子を見に行ってる」

腰を下ろしながら、ハヴィはそう口を切った。

「火の数を数えるんだって。火を見れば、どこにどれだけの人間がいるのか、大体把握できるから――ときには火の数で敵の目を欺《あざむ》くこともあるけど、今はガルヴァ軍のほうが優勢だから、それはないだろうって、彼は言ってる」

炎の光を宿した黒い瞳が、ハヴィを見やった。

「あなたは行かなくていいの？　司令官なのに」

ハヴィは苦笑した。

「僕も行ったよ。でも、追い返された。僕はこっちで、伝令を待ってなきゃならないんだ。援軍の到着が遅れてるんで、馬を走らせて様子を見に行かせてるんだ」

気のない様子で、サリアはうなずいた。

「……そうなの」

ハヴィは口ごもった。

「その……大丈夫？」

炎を見つめながら、サリアが髪を掻き上げる。

「……どうかしら」

彼女は膝の上で、両手を握り合わせた。そして、重い口調で話し始める。

「私は、ヴェルマを守りたかったの。彼女と、赤ちゃんを。なのに、私のせいで、ヴェルマまで殺されるところだったのよ」

「だが、彼女は無事だ――赤ちゃんも」

サリアはうなずいた。しかし、浮かぬ顔は変わらない。

「そうね……でも、危険だったのは確かよ。自分の家族について、もっと関心を持つべきだったんだわ。さっき、ブラス――兄が、メイスレイに尋問されているのを、陰で聞いてたの。あの人は、私のことも、母のことも知らなかったんですって。でも父は、法律家を雇って、私を実の娘であると認める書類を作ってたの。そして私と母に、定期的にお金が送られるように手配してたらしいのよ。……結局、そのお金だけでは、母が病気になったときには、やりくりが出来なくなってしまったけど」

その頃のことを思い出したのか、サリアはきつく唇を引き結んだ。そして言葉を継ぐ。

「父が死んだとき、兄は遺産を整理しようとして、初めて、父のお金がモウダーに流れていることを知ったのよ。そして、国王のところに預けられていた父の遺言状には、全てを娘のサリアに譲ると書いてあったんですって。でも、兄は、私がどこにいるのか判らなかった。人を使って、ずいぶん捜したらしいわ。でも、見つからなかった――私が手紙を書くまでは」

サリアは溜息を吐いた。

「手紙の返事が来なかったとき、私は、父に捨てられたんだと思ったわ。父のことは何も知らなかったし――知ろうとすらしなかった。自分はただの庶子《しょし》で、父にとってはただのお荷物なんだって思い込んでたの。父がエンレイズの大きなお屋敷で、家族と幸せに暮らしてる話なんか、聞きたくもなかった。もし、私が関心を持って、誰か、父の知り合いにでも尋ねていたら、判っていたかもしれないのに——自分に腹違いの兄がいて、父と対立していたことを……もしかしたら、自分が相続人だってことも。父が死んだときにも、知らせてもらえたかもしれなかったのに」

声が微《かす》かに震えた。

「——そうしたら、不用意にあんな手紙を書いたりはしなかったのに……娼婦になろうと決心することも、ヴェルマに死ぬほど怖い思いをさせることもなかったのに……」

「サリア……」

目を潤《うる》ませた少女の名を、ハヴィは静かに呼んだ。

「人生は、濁流《だくりゅう》を遡《さかのぼ》るようなものだって——シャリースが言ってた」

「……」

「川底に何があるのかは絶対に判らないけど、とにかくもがいて、進むしかないんだって」

少女は瞬きをして、涙をこらえた。それから、ハヴィのほうへ顔を向ける。

「あなたもそう思う？」

ハヴィは正直にうなずいた。

「——今まさに、濁流の中にいる気分だよ。まさか自分が、司令官になるなんて」

少女の瞳に、微笑の影が宿った。

「そうでしょうね——私も同じよ。爵位なんて……」

言い淀《よど》む。そのほっそりとした白い手を取りたいという衝動に駆られたが、ハヴィはそれを思い留まった。彼女はバンダル・アード＝ケナードの被保護者で、今や女子爵だ。みだりに触れていい相手ではない。

「君が終わらせるんだ」

ハヴィは真っ直ぐに、彼女を見つめた。

「それが一番いいはずだ。爵位を継いで、後継者を指名する。そうしたら、君の兄さんだけでなく、君の父方の親族は、君に手出しが出来なくなる。これ以上誰も、危険な目に遭わずに済む」

「……」

サリアは再び焚火《たきび》の中を見つめ、黙り込んだ。ハヴィはじっと、その白い横顔を見つめた。

大股に近付いてくる足音を聞いて、ハヴィははっと顔を上げた。やってきたのは、金髪の傭兵隊長だ。

「おっと、失礼」

面白がっているような顔つきで、彼はハヴィとサリアを交互に見た。

「そこにあるのが健全な友情である限り、俺に構わずゆっくり育《はぐく》んでいてくれ。俺は、ヴェルマに用があるんだ」

そう言って、シャリースは天幕の中に消えた。

その後ろ姿を見送りながら、ハヴィは、どうしようもなく頬が熱くなるのを感じた。


翌朝、太陽の最初の光が大地を照らす前に、ハヴィは自分の天幕を出た。

宿営地は、昨日の夕方、川からさらに離れた場所に移動していた。シャリースの案だ。ヴェルマとサリアを守るためだと彼は言ったが、ハヴィには、それ以上の意味があるようにも感じられた。

ハヴィはそれに同意したものの、シャリースの行動は、さらに不可解さを増した。闇も迫っていたというのに、自分の部下だけを連れて、宿営地を離れたのだ。ハヴィは慌ててシャリースを捕まえたが、傭兵隊長は、不愉快な仕事に行く、とだけ、ハヴィに告げた。しかしそれが何を指しているのかは、結局教えてくれなかった。

「知らないほうがいいこともあるんだよ、ハヴィ」

傭兵隊長の青灰色の目は、笑みを浮かべていた。まるで子供を言いくるめているような目付きだと、ハヴィは思った。声までもが、不自然に優しい。

「特に、おまえが司令官で、この部隊の責任者である場合にはな。俺たちはおまえに雇われてる。だが、おまえの命令に完全服従しなくちゃならないわけじゃない。そういう契約じゃないからな。他にも雇い主がいるのは、おまえも先刻承知のはずだ。ヴェルマとサリアを守るために、俺たちは勝手な行動も取る。それによって、もし何か問題が発生しても、おまえがその責任を取る必要はない――俺たちが何をしてたのか、知らなければな」

「でも……」

言いかけたハヴィを、シャリースは遮った。

「おまえの不利になるようなことはしない。それだけ覚えておけ」

ハヴィは探るように、シャリースの顔を見つめた。

「……また何か、公《おおやけ》の場では申し開きに困るようなことをするつもりなのか?」

バンダル・アード＝ケナードは、人の度肝を抜くような策略を巡らせることで有名だ。ハヴィも、それは知っている。時には、法の網の目を潜《くぐ》るようなことや、違法行為の隠蔽《いんぺい》もする。しかし、誰からも尻尾を摑まれたことがないという事実が、彼らの有能さを証明している。

シャリースは片頰でにやりと笑った。

「俺は、公の場になんか出ない。ただの傭兵だからな。だが、おまえは出なくちゃならないだろう。もし困ったことになっても、バンダル・アード＝ケナードが何を企んでいたのか、全く知らなかったと主張しろ」

そして、宥《なだ》めるように付け加える。

「それが一番いいんだよ。おまえは、嘘が下手だからな」

身を翻そうとしたシャリースのマントを、ハヴィは思わず摑んでいた。

「本当にうまくいくのか？　……僕たちは、橋を守れるのか？」

シャリースの大きな手が、ハヴィの肩を叩いた。

「そう信じて、おまえはもう寝ろ」

そして、シャリースは行ってしまった。バンダル・アード＝ケナードの傭兵たちが、ぞろぞろとその後に続く。黒衣に濃緑色のマントという一団は、すぐに、闇の中に溶け込んだ。

ハヴィは自分の天幕に戻ったが、もちろん、眠れるはずなどなかった。

兵士たちの多くも、落ち着かぬ夜を過ごしたようだった。兵士たちを直ちにまとめるよう部下に命じて、早朝の薄闇の中、ハヴィは橋へと急いだ。途中、女たちのいる天幕に目を向けると、白い狼がうろついているのが見える。昨夜はこの狼一匹だけが、彼女たちの護衛役だったのだ。

橋のたもとに、バンダル・アード＝ケナードが集まっていた。

傭兵たちも、眠った様子はない。しかし全員、戦闘態勢を整えている。ハヴィをからかい、冗談を言って笑わせてくれる普段の顔は、完全に、戦いを前にした戦士の顔にすり替わっている。

しかし、ハヴィに息の止まるような思いをさせたのは、対岸に集結しつつある、臙脂色《えんじいろ》の軍隊だった。敵の数は、咄嗟《とっさ》には見当もつかなかった。とにかく、自分たちの倍以上いることは確かだ。こちらの援軍は、しかし、まだ到着していない。

ハヴィはぞっとして、その場に棒立ちになった。この圧倒的な数の敵を前にしては、自分たちに勝ち目があるようには、到底思えなかった。援軍が来るまでこの場に留まっていられるかどうかも判らない。

誰かに肩を突かれて、ハヴィは我に返った。シャリースが彼を手招きしている。近くにいた傭兵が、それを教えてくれたのだ。

ハヴィは急いで、シャリースのところへ行った。どちらが雇い主か判らぬような有様だが、ハヴィは気にしなかった。傭兵たちは明らかに疲れ、ぴりぴりしている様子だ。中には、何をしていたものか、服を濡《ぬ》らしている者や、泥まみれの者もいる。明らかに、彼らは一晩中働いていたのだ。ハヴィの司令官としての立場など、それに比べれば取るに足らない。

「マドゥ＝アリとアランデイルを、ヴェルマとサリアの護衛に付ける」

シャリースは、若い司令官に言った。

「兵士たちを整列させろ。俺たちはここに陣取る。この、橋のたもとにな。全軍に周知徹底させてくれ。絶対に、この橋を渡るなと」

ハヴィは目を瞬いた。

「つまり、敵をこっちに渡らせるということか？」

「この橋はでかいが、通れる人数には限りがある」

シャリースは顎で、川に架かる橋を指した。

「敵が向こう岸に何人いようと、一度に俺たちが相手にする人数は限られてくる。敵に橋を譲ったほうが、俺たちにとっては有利なんだよ。おまえは後ろにいろ。高いところから戦況を観察して、手薄になったところに兵を投入するんだ。いいな？」

「……でも、ここで敵を食い止められなかったら？」

胃をぎゅっと引き絞られたような気分で、ハヴィは尋ねた。

「一度突破されてしまったら、奴らは岸のこちら側に雪崩《なだ》れ込んで——僕たちは散り散りに逃げるしかなくなる」

シャリースはしかし、若い司令官の危惧《きぐ》に、軽く肩をすくめて応じた。橋へと向き直る。

「そうならねえように、せいぜい踏ん張らねえとな」

ハヴィは歯を食いしばった。つまり、他に選択肢は無いということだ。

「……判った」

マドゥ＝アリとアランデイルに付き添われて、ハヴィは部下たちの元に戻った。

橋の向こうに敵が集結していることは、既に、エンレイズ軍の兵士たちも承知している。ハヴィが戻ったときには、殆《ほとん》どの者が、戦場に赴《おもむ》くべく、支度を終えていた。

「整列だ。橋に進軍する」

彼は精一杯、冷静な態度を装って、部下に命じた。

「だが、絶対に橋を渡るなと、全員に厳命してくれ」

ハヴィの指示は、直ちに兵士たちに伝えられた。

女たちも、天幕から出てきている。二人の傭兵と一匹の狼が、彼女たちにぴたりと付き添っている。

これから戦場で何が起ころうと、少なくとも彼女たちは安全に逃げられると、ハヴィは思った。

マドゥ＝アリの剣と、アランデイルの機転があれば、何が起こっても対処できるはずだ。いざとなれば、サリアをそのまま、エンレイズの宮廷にも連れて行けるだろう。アランデイルは宮廷の事情に通じている。シャリースがアランデイルを付けた理由は、恐らくそこにある。

サリアが宮廷に、女子爵として現れるという想像は、ハヴィの気分を落ち着かせてくれた。

古参のラシェックが側にいることもまた、心強かった。彼がいれば、たとえ自分が戦況の変化に気付かなかったとしても、それを指摘してくれるだろう。

ハヴィは全軍を川縁に進めた。自分はシャリースの指示通り、後衛に付く。橋よりも高い位置にあるそこからは、川を挟んで両軍のひしめいている様子がよく見えた。バンダル・アード＝ケナードの傭兵たちが、正規軍の兵士たちを、手際良く配置している。

女たちも、ハヴィの側で、その様子を見守っていた。マドゥ＝アリはともかく、アランデイルも黙ってついてきているからには、今のところ、この場所は安全だということだろう。ヴェルマとマドゥ＝アリの間に挟まれ、サリアが両手を胸の前で握り合わせている。

黒い瞳が自分を見つめているのに気付き、ハヴィは胸を突かれたような気がした。一瞬だけ、食い入るように、少女の瞳を見つめ返す。

「来るぞ」

ラシェックの呟きに、ハヴィははっと、視線を橋へ引き戻した。

空気を切り裂くように、甲高《かんだか》い笛の音が鳴り響く。ガルヴォ軍の、進軍の合図だ。

エンレイズ軍の兵士は動かない。黒衣の傭兵たちが、しっかりと手綱を握っている。臙脂色の軍服を着た兵士たちが、隊列を組んだまま橋を渡ってくる。

徒歩から始まった進軍は、橋を渡り終える頃には駆け足になっていた。

剣と剣がぶつかり合った。

あっという間に、橋のたもとは混戦状態になった。兵士たちが血を流し、倒れる。新たな兵士が襲いかかる。唸《うな》り声《ごえ》や雄叫《おたけ》び、そして断末魔の呻《うめ》きが、川面に響く。

ハヴィは拳を握りしめたまま、その様子を見守っていた。

エンレイズ軍は、敵を川縁に食い止めている。だが、それがいつまでもつのかは、判らなかった。ハヴィは肩越しに後ろを振り返ってみたが、援軍の姿は、影も形も見当たらない。戦場へ目を戻す。

ガルヴォ軍の兵力には、限りがないように見えた。次から次へと、新たな兵士が橋を渡ってくる。橋の上は、臙脂色に染まっている。彼らが一気に橋から吐き出されれば、幾らバンダル・アード＝ケナードといえども打つ手はないだろう。

右翼が薄くなっている。ハヴィはそこに、一隊を差し向けるよう命じた。だが、ガルヴォ軍に、怯《ひる》む様子はない。

小さな呟きを聞いた気がして、ハヴィはそちらへ顔を向けた。

「落ちろ……落ちろ……」

アランデイルの整った横顔が見える。空色の瞳は、橋をじっと見つめている。無意識のように、彼は口の中で呟いている。

「落ちろ……落ちろ……」

　ヴェルマもまた、同じ言葉を、声に出さずに繰り返しているようだった。ハヴィはサリアと顔を見合わせた。だがサリアも困惑しているようだ。

　川縁ではなおも、兵士たちの血が流されている。

「落ちろ……！」

　ヴェルマがついに声に出してそう言ったとき、まるでその命令を受け止めたかのように、突然橋が崩落した。

　凄《すさ》まじい音を立てて、橋は一気に崩れ、その上一杯に乗っていた大勢のガルヴォ兵と共に川へ落ちた。水飛沫《みずしぶき》が上がり、川に大きな渦が巻く。悲鳴とどよめきが同時に上がる。

　ハヴィは呆然と、その光景を見つめていた。

　信じられない光景だった。周囲にいた他の多くの者も、咄嗟には動けずにいる。

　だがアランデイルとヴェルマは、その瞬間、歓声を上げて抱き合った。


　不用意な接触はシャリースによって禁じられているはずだったが、この瞬間は二人とも、それを忘れ去っていたらしい。そもそもこれは、男女の抱擁《ほうよう》ではなく、同志のそれだった。

「やったわ、本当にやったわ……！」

　ヴェルマが感極まったように囁く。彼女はサリアも抱き締めたが、サリアは目の前の光景に立ち尽くしたまま、何が起こったのか判らぬ顔だ。そしてマドゥ＝アリは表情一つ変えず、ただ真っ直ぐに、川縁にいる仲間たちを見つめている。

　彼が最も驚いたのは、ヴェルマに抱きつかれ、勢いのまま頰に口付けされたときだっただろう。

　後は、さほどの困難もなかった。

　バンダル・アード＝ケナードは、明らかに、橋の崩落を予期していた。

　橋が崩れた瞬間、こちら側に渡ってきていたガルヴォ兵は、一斉にそちらを振り返った。そのときを狙って、傭兵たちは、敵に止《とど》めを刺したのだ。彼らは容赦なく、敵に背後から襲いかかり、多くのガルヴォ兵が、声を立てる間もなく殺された。難を逃れようとして川へ落ちた者も何人かいたが、よほどの運がなければ、彼らも生きて再び地面を踏むことはないだろう。

対岸に残されたガルヴォ兵たちは、味方の兵士たちが惨殺《ざんさつ》されるのを、川の流れ越しに、ただ見守っているしかなかった。

ナーキ司令官率いる援軍が近付いているという一報が届いたのは、それから二時間ほど経ってからのことだった。

ガルヴォ軍は、川から離れた場所まで撤退している。ハヴィは負傷者の手当てをさせ、死者をきちんと並べて横たえるよう命じていた。援軍は、実際には何の役にも立たなかったが、それでもハヴィは、もたらされた知らせにほっとしていた。これで彼は、司令官という重い立場から解放される。もちろん、レトリーとディザートの死、そしてカベルの逮捕など、上に説明しなければならないことは山ほどあるが、少なくとも、それを処理するのは、他の誰かに任せられる。

バンダル・アード＝ケナードは、川の側で寛《くつろ》いでいる。

怪我人《けがにん》は大勢いたが、死者は出なかったらしい。ヴェルマとサリアが、怪我をした傭兵の世話を買って出ていた。サリアはハヴィの姿を目にして微笑を浮かべたが、すぐに目を逸らした。

シャリー人は川縁から、橋の残骸《ざんがい》を見下ろしている。

ハヴィはその横に立った。あんなに大きく、頑丈な橋が壊れるなどとは、想像だにしていなかった。もちろん、大勢の人間が橋の上にひしめき合っていたことが、崩落の直接の原因だろう。だが、橋脚が腐っていたか、緩んでいたのかもしれない。そうでなければ、あれほど一気に壊れたことの説明はつかない。

だがハヴィは、奇妙なことに気付いた。

川から突き出した橋脚の残骸に、真っ直ぐな切れ目が入っている。それも、一本だけではない。残骸の多くに、同じような跡がある。

「シャリース、あの切れ目は……」

何気なく問いかけると、傭兵隊長は、川を見下ろしたまま小さく笑った。顔に血飛沫の跡が残っているが、本人に怪我は無いようだ。横目で、ハヴィを見やる。

「細かいことを気にする男は、部下に愛される司令官にはなれねえぜ、ハヴィ」

その言葉で、ハヴィは事実を悟った。

唖然《あぜん》として川を見下ろす。木に残る生々しい刃物の跡は、もはや細かいことには思えなかった。

「……あんたが橋を落としたのか⁉」

シャリースに食ってかかる。

「昨夜――橋脚を切って⁉　モウダーの橋を⁉　そうなんだな⁉」

最後は、半ば悲鳴のような声音になった。

エンレイズ軍は、モウダー人の財産を傷付けてはならないことになっている。止むを得ず損害を与えた場合は、それを弁償しなければならない。モウダーの土地で戦い、モウダー人の協力を求める以上、それは、絶対に守られなければならない条件だ。

これほど大きな橋である場合、莫大な費用が求められるだろう。もちろん、ハヴィは上から厳しく追及されるはずだ。これは、重要な国際問題になりかねない。

恐慌状態に陥《おちい》りかけている若者に対し、シャリースは、悪びれた様子一つ見せなかった。

「ヴェルマを守るためにやったことだ」

しゃあしゃあと言いながら、金髪の妊婦を顎で指す。ヴェルマは怪我人の腕に包帯を巻いてやっている。

「彼女はモウダー人だ。エンレイズ軍の戦闘に、巻き込むわけにはいかないことになってる。そうだろ？　彼女を確実に守るためには、ガルヴォの奴らに、橋を渡らせるわけにはいかなかった。そのためには、橋を壊すしかなかった。橋はまた架け直せるが、彼女が死んだら、もう、生き返らせることは出来ないからな」

「……」

シャリースの論理は強引だ。だが、説得力が無いわけでもない。言葉を失ったハヴィを見下ろしながら、シャリースはにやりと笑った。

「だから言ったろ？　知らないほうがいいこともあるって。これはバンダル・アード＝ケナードが勝手にやったと、おまえは上に言っておくんだな」

ハヴィの背中をどんと叩く。

「まあ、実際のところ、ちゃんと橋が落ちてくれるかどうか、こっちもひやひやしてた。どこをどれだけ切ればいいのか、皆で知恵を絞ってやってみたんだが、こんなことをするのは初めてだったからな。今は、あの鋸《のこぎり》の跡を、もうちょっと誤魔化すべきかどうか考えているところだ」

ハヴィは、身体から一気に力が抜けたような感覚を味わった。

「……援軍が、もうすぐここに来るよ」

小さく告げると、シャリースはうなずいた。

「じゃあ、小細工してる暇はねえな。ヴェルマを守るためにやったと言い張ることにしよう」

せっせと働いているヴェルマへと、ハヴィは視線を投げた。

「彼女は、知ってたんだな」

判り切ったことを訊く。もちろん、彼女は知っていたはずだ。だからこそ、橋が落ちるよう、アランデイルと共に念じ、そして実際に落ちたときには、あんなにも喜んだのだ。

「彼女には昨夜、協力を求めた」

案の定、シャリースはあっさりと認めた。

「ヴェルマは承知してくれたよ。エンレイズ軍が、一人のモウダー人の妊婦を守り切ったんだ。ヴェルマがお偉いさんの前で、エンレイズ軍への感謝を切々と語ったら、おまえは、これぞ見習うべき司令官だと、褒《ほ》め称《たた》えられることになるだろう——多分な」

援軍が来ているという彼方に目を向ける。

「ヴェルマはあの通り、なかなかの美人だし、腹に赤ん坊がいるっていうのも強みだ。エンレイズ軍はモウダー人を守るっていう、軍の建前を強調するには、うってつけだぜ。彼女がうまく上の気を引いてくれれば、橋の架け替えの費用については、上もそれほど気にしないかもしれない」

ハヴィは黙り込んだ。

シャリースは大抵、楽観的に物事を語る。それで却《かえ》って不安になることもある。だが、シャリースが楽観的な物言いをするのは、その裏に、きちんとした根拠があるからだ。たとえ根拠がなかったとしても、彼は他人にそれを悟らせたりはしない。

バンダル・アード＝ケナードの助けがなければ、自分が今、ここに生きて立っていることはなかったのだと、改めて、ハヴィはそこに思い至った。それが唯一の方法だったとしても、彼には、モウダーの橋を落とすなどという芸当は出来なかった。決断するどころか、思いつきもしなかったのだから。

川を挟んだ両軍は、この戦場ではもはや戦う術《すべ》はない。恐らく、このまま北へ進むことになるだろうと、ハヴィは思った。そうすれば、いずれ国境を越えて、それぞれの国に入る。体面を保ったまま撤退し、故郷で冬を越すことが出来る。

「ヴェルマがお偉いさんへ挨拶《あいさつ》したら、俺たちはすぐにここを出る」

シャリースは続けた。

「ここでぐずぐずしてると、細かい事情をほじくられるからな。とっとと逃げることにする」

ハヴィはうなずいたが、内心は少しばかり動揺《どうよう》していた。つい、黒髪の少女を目で追う。

シャリースも、それに気付いたらしい。

「——あとの問題は、サリアだな」

傭兵隊長は黒髪の少女を見やった。

二人に見られていることに気付き、サリアは顔を上げた。思いつめた表情だ。ハヴィは心臓を鷲掴《わしづか》みにされた気がした。

負傷者を迂回《うかい》して、彼女は、二人のところにやってきた。

「ヴェルマはいつ、村に帰れそう？」

血の付いた手を擦《こす》り合わせながら、シャリースに尋ねる。

「ガルヴォ軍の移動の状況次第だ」

シャリースは対岸を指した。

「奴らが北へ移動したらすぐに、舟で向こうに渡れる。渡っちまえば、すぐだろう」

「そう……」

サリアは目を伏せ、唇を噛んだ。そして、顔を上げる。

「私、エンレイズに行って——父の後を継ぎたいの」

真面目な口調で、彼女は傭兵隊長に訴えた。

「ヴェルマは、宮廷まで、あなたたちについて行ってもらえばいいって言ったけど……でも、宮廷に行ったところで、私、どうすればいいのか……」

声が尻すぼみに途切れる。

生まれてこの方モウダーで暮らしてきた彼女にとっては、確かに、途方もない話だろう。彼女一人では、父の後を継ぐどころか、宮廷に足を踏み入れることすら出来ないに違いない。

シャリースはうなずき、それからハヴィを見下ろした。

「ハヴィ、この際、おまえが連れて行ってやったらどうだ？　おまえも、宮廷には行くだろう？」

何でもないことのように言われて、ハヴィは慌てた。

「そんな……貧乏貴族の三男坊には、何の権限もないよ！」

「隊長が連れて行けばいいじゃないですか」

横から口を挟んだのは、アランデイルだ。こちらも、何でもないことのような口調である。

「こういうときにこそ、爵位が役に立つんでしょう」

サリアが目を丸くする。ハヴィも同様だ。

実のところ、ハヴィは、シャリースが爵位を持っていることを忘れていた。

シャリースは、自分が貴族であることを、滅多に口にしない。荒くれ者の集団を率い、野に眠り、血と泥にまみれて戦う傭兵隊長を前に、彼が貴族の一員であることを思い出すのは難しいのだ。

「冗談みたいな話だがな」

シャリースを指しながら、ダルウィンがサリアにうなずきかける。

「この男は、宮廷に行くと、侯爵として紹介される。

しまいっぱなしで埃《ほこり》をかぶっているような爵位だが、埃をはたいてやれば使えないことはない」

「そうだ、それがいい」

ハヴィが顔を輝かせる。

シャリースが、侯爵という称号を忌々《いまいま》しく思っていることは、以前にハヴィも聞いたことがあった。隊員たちも、あまりこの話に触れない。ハヴィも、あえて話題にしようとはしなかった。

だが今は、シャリースの侯爵という地位が、この上なく輝いて見える。

シャリースは助けを求めるように周囲を見渡したが、部下たちは面白がって見物しているか、素知らぬ顔をしているか、どちらかだ。

ヴェルマも、側に寄って来ていた。口は出さなかったが、シャリースに懇願《こんがん》の眼差しを向けている。

「橋を落とした尻拭《しりぬぐ》いをハヴィに押し付けるんだろう？」

ダルウィンがさらに、シャリースの反論を封じた。

「だったら、サリアのほうはおまえが引き受けたらどうだ」

他人事《ひとごと》のような口調なのは、ダルウィン自身は、宮廷とは何の関わりもないからだ。たとえサリアを宮廷まで護衛したとしても、その後の面倒は、シャリースが引き受けることになる。宮廷の貴族や役人と渡り合うことの出来る身分を持っているのは、シャリースだけだ。その他の者は、首都の盛り場で羽を伸ばすことが出来るだろう。

自分の味方は一人もいないという事実を突きつけられて、シャリースは溜息を吐いた。

そして黒髪の少女を見下ろす。

「……俺たちを雇うのは、安くはないぜ」

少女は自信なさげに笑った。

「……父はお金持ちだったらしいわ」

そのために、彼女は殺されかけた。それが、彼女が受け継ぐ巨額の財産を保証している。

「――判った」

ついに、シャリースは屈服した。

サリアはヴェルマと手を取り合った。本物の姉妹のように笑みを交わす。

そしてサリアは、ハヴィへと目を向けた。

「あなたとは、宮廷で会える？」

ハヴィは、彼女の唇に浮かぶ笑みに、目を奪われた。

「……会いに行くよ」

どぎまぎしながら、何とか声を絞り出す。傭兵たちが揶揄《やゆ》を含んだ目で自分を見ているのにはもちろん気付いたが、どうすることも出来ない。

軍隊の到着を知らせる声が、川縁にまで届いた。ハヴィを呼んでいる。

ハヴィは何か言いかけて、しかし口を閉じた。くるりと踵を返し、正規軍のいる方へ走っていく。サリアはじっと、その後ろ姿を見つめている。

ヴェルマがシャリースの腕に触れた。

「ねえ、考えていたんだけど」

　彼女は、秘密を打ち明けるように言った。優しい青い目が、シャリースに笑みを向けている。丸い腹に片手を置く。

「もしこの子が男の子だったら、レンドルーって名前にしようと思うの。どう?」

「……」

　シャリースは虚を衝《つ》かれて、一瞬黙り込んだ。それは、シャリースの兄の名前だ。以前に話したことを、彼女は覚えていたらしい。

　シャリースは微笑した。

「……きっと、いい男に育つだろうよ」

　自ら課した禁を犯して、彼はヴェルマを抱き締めた。部下たちから、一斉に非難の声が上がる。

　ヴェルマは笑いながらシャリースを抱き締め返し、そして、茶目っ気たっぷりにマドゥ＝アリを見た。

「――女の子だったら、エルディルにしようかしら。頼り甲斐のある娘に育ちそう」

「そりゃ犬につける名前だよ!」

　ダルウィンが呆れたように叫び、周囲から笑い声が上がる。マドゥ＝アリが困惑したような笑みを浮かべるのを目にして、ヴェルマは、眩《まぶ》しいほどの微笑を返した。

　ヴェルマから離れる瞬間、赤ん坊の動きが、シャリースの掌に伝わった。

　戦場を生き延びてきた赤ん坊は、元気に、母親の腹を蹴《け》っている。その動きは、力強い生命力そのもののように感じられた。

　その感触を閉じ込めるように、シャリースはそっと、拳を握り締めた。

あとがき

大変お待たせしました。バンダル・アード＝ケナードシリーズ、第四話をお届けいたします。前作までをお読みになった方々には既にご承知でしょうが、このシリーズ、これまでキャラクターのほとんどが、おっさんで占められておりました。レギュラーメンバーもおっさん、ゲストキャラもおっさん、敵キャラもまた、もれなくおっさん、ページをめくってもめくっても、ひたすらおっさん……。

——むさいおっさんばかりが、紙面にみっちり詰まっている話を書くのは、もう疲れた……。つくづくそう感じて作ったのが、今回の話でございます。まあそれでも、おっさんは一杯いるんですけど、前話より、密度は幾分低くなったと思います。傭兵《ようへい》たちも、目の保養が出来て嬉しかったのではないでしょうか。

さて、別の本のあとがきに詳しく書いたのですが、この話を書き始めたとき、私は骨折治療中の患者でした。

犬と散歩中、曲がり角でぐっきりやってしまい、右の第五中足骨という、聞いたこともなかった小さな骨を折ってしまったのです。これがまあ、小さくて目立たない骨のくせに、折れたとなると右足の甲をぱんぱんに腫《は》れ上《あ》がらせてくれて、ここぞとばかりにその存在を主張しやがりました。腫れた部分はどす黒い、青とも、緑ともつかぬ色に染まり、そこだけ半魚人になったかのような有様です。
そして、治療にも時間がかかりました。医者に、少なくとも二日に一度は電気治療に通うように言い渡され、普段だらしなく生きていた私は、その時点で結構なダメージ。医者の開いている時間に起きなくては……と、それだけで必死です。家の中を移動するくらいなら、何とか歩くことも出来たのですが、右足を包帯でぐるぐる巻きにされた状態では車の運転もままならず、母に送迎を頼んでの医者通いです。
……ま、母は待合室に置いてあった漫画に夢中で、私が治療を終えて出てくると、「あら、もう終わっちゃったの？」などと残念がったりしていて、それなりに楽しそうでしたが。
やがて包帯が取れ、自分で運転して医者通いをするようになりましたが、この骨が、なかなかくっつかないのです。レントゲン写真を撮って、医者と二人で、前回撮ったものとしげしげ見比べるのですが、
私「あれ、これ、二枚とも今日撮った写真ですか？」
医者「いえ、こっちは先月のものです」
私「……違いが判らないいんですけど……」
医者「そうですね……」

――と、そんな感じ……。

二カ月で終わるはずが、三カ月になり、それでもちゃんとくっつかずに治療継続、そして四カ月近くが経過したころ、やっと、もう来なくていいだろうと、医者に言われました。

「ただし、まだちゃんとくっついたわけではありません」

との、ありがたいお言葉つきで……。

靴底の厚いスニーカーで足の裏をがっちり固め、視覚障害者用の黄色いブロックや、玉砂利の場所を避ける生活が、実はまだ続いてます。ごっきりやっちまってから十カ月、そろそろハイヒールの靴も履きたいな、と、移動距離の短いときには、ヒールのある靴を試みたりしているのですが、骨折個所、というより、その周辺の筋や、長いこと楽な靴で甘やかされてきたふくらはぎの方が痛くなってしまって、どうやらもう少し訓練が必要なようです。

さて、次の予定ですが、他社様との仕事の都合で時期は未定ながら、むさい傭兵たちのシリーズ続編を計画中です。しかし、次の本まで、あまりにも時間が空くのは問題だ！　とお叱りを受けたので、このC★NOVELSファンタジアとは別に、どこかで顔を出すことがある――かもしれません。

何か決まりましたら、左記ホームページでお知らせいたします。

http://members.jcom.home.ne.jp/y.komazaki/　『楽園貴族』

書けなくて書けなくて泣きそうだった私を、辛抱強く待ってくださった担当さん、励《はげ》ましてくれた友人たち、そして読んでくださったあなたに、心より感謝を。

駒崎　優

ココロのタッド。
by HITAKI

ご感想・ご意見をお寄せください。

イラストの投稿も受け付けております。

なお、投稿作品をお送りいただく際には、編集部
(tel:03-3563-3692、e-mail:mail@c-novels.com)

まで、事前に必ずご連絡ください。

〒104-8320　東京都中央区京橋2-8-7
中央公論新社　C★NOVELS編集部

われら濁流《だくりゅう》を遡《さかのぼ》る
――バンダル・アード＝ケナード

2010年3月25日　初版発行

著　者　駒崎《こまざき》　優《ゆう》
発行者　浅海　保
発行所　中央公論新社
〒104-8320　東京都中央区京橋2-8-7
電話　販売 03-3563-1431　編集 03-3563-3692
URL http://www.chuko.co.jp/

印　刷　三晃印刷（本文）
大熊整美堂（カバー・表紙）
製　本　小泉製本

Published by CHUOKORON-SHINSHA, INC.
Printed in Japan　ISBN978-4-12-501106-6 C0293

定価はカバーに表示してあります。

落丁本・乱丁本はお手数ですが小社販売部宛お送り下さい。

送料小社負担にてお取り替えいたします。

第５回C★NOVELS大賞

葦原 青 大賞

遙かなる虹の大地

架橋技師伝

架橋技師はいくさの最前線に立ち、自軍を敵地に誘導する橋を架ける。師に憧れ、架橋技師になったフレイ。だが戦場で「白い悪魔」と罵られ、架橋の技は不幸をも招くという現実に打ちのめされるが……。

イラスト／Tomatika

特別賞

涼原みなと

赤の円環〈トーラス〉

水の豊かな下層棚から水導士として派遣されたオリオンの前に現れたのは〈竜樹の落胤〉フィオル。この出逢いが、水とこの世界の謎を巡る旅の始まりだった……。

イラスト／山下ナナオ